鲁迅作品
单行本

古籍序跋集

鲁迅 著

人民文学出版社

图书在版编目（CIP）数据

古籍序跋集/鲁迅著.—北京：人民文学出版社，2022
ISBN 978-7-02-015265-0

Ⅰ.①古… Ⅱ.①鲁… Ⅲ.①鲁迅著作—序跋—汇编 Ⅳ.①I210.3

中国版本图书馆 CIP 数据核字（2019）第 096361 号

责任编辑　陈彦瑾
装帧设计　陶　雷
责任印制　任　祎

出版发行　人民文学出版社
社　　址　北京市朝内大街 166 号
邮政编码　100705

印　　刷　三河市宏盛印务有限公司
经　　销　全国新华书店等

字　　数　102 千字
开　　本　880 毫米×1230 毫米　1/32
印　　张　5.25　插页 2
版　　次　2006 年 12 月北京第 1 版
印　　次　2022 年 1 月第 1 次印刷

书　　号　978-7-02-015265-0
定　　价　24.00 元

如有印装质量问题，请与本社图书销售中心调换。电话：010-65233595

本书收入1912年至1935年间鲁迅为自己辑录或校勘的古籍而写的三十五篇序跋。按各篇写作时间先后排列,对正文中的资料性差错,参照相关文献作了必要的订正。

目 录

《古小说钩沉》序 …………………………………………… 1
谢承《后汉书》序 …………………………………………… 4
　　［附］ 姚辑本《谢氏后汉书补逸》抄录说明 ………… 8
　　［附］ 关于汪辑本《谢承后汉书》………………………10
　　［附］ 汪辑本《谢承后汉书》校记………………………11
谢沈《后汉书》序 ……………………………………………13
虞预《晋书》序 ………………………………………………15
《云谷杂记》跋 ………………………………………………17
《嵇康集》跋 …………………………………………………19
《云谷杂记》序 ………………………………………………21
《志林》序 ……………………………………………………23
《广林》序 ……………………………………………………25
《范子计然》序 ………………………………………………27
《任子》序 ……………………………………………………30
《魏子》序 ……………………………………………………32
《会稽郡故书襍集》序 ………………………………………33
　　谢承《会稽先贤传》序 …………………………………36
　　虞预《会稽典录》序 ……………………………………37
　　钟离岫《会稽后贤传记》序 ……………………………39

1

贺氏《会稽先贤像赞》序…………………………41
　　朱育《会稽土地记》序……………………………42
　　贺循《会稽记》序…………………………………43
　　孔灵符《会稽记》序………………………………44
　　夏侯曾先《会稽地志》序…………………………46
《百喻经》校后记………………………………………47
《寰宇贞石图》整理后记………………………………48
《嵇康集》逸文考………………………………………49
《嵇康集》著录考………………………………………53
《嵇康集》序……………………………………………63
《俟堂专文杂集》题记…………………………………67
《小说旧闻钞》序言……………………………………69
《嵇康集》考……………………………………………72
《唐宋传奇集》序例……………………………………86
《唐宋传奇集》稗边小缀………………………………93
　　第一分………………………………………………93
　　第二分………………………………………………101
　　第三分………………………………………………107
　　第四分………………………………………………121
　　第五分………………………………………………140
　　第六分………………………………………………143
　　第七分………………………………………………148
　　第八分………………………………………………151
《小说旧闻钞》再版序言………………………………159

《古小说钩沉》序[1]

  小说者,班固以为"出于稗官","闾里小知者之所及,亦使缀而不忘,如或一言可采,此亦刍荛狂夫之议"[2]。是则稗官职志,将同古"采诗之官,王者所以观风俗知得失"[3]矣。顾其条最诸子,判列十家,复以为"可观者九"[4],而小说不与;所录十五家[5],今又散失。惟《大戴礼》引有青史氏之记[6],《庄子》举宋钘之言[7],孤文断句,更不能推见其旨。去古既远,流裔弥繁,然论者尚墨守故言,此其持萌芽以度柯叶乎!余少喜披览古说,或见讹敚,则取证类书,偶会逸文,辄亦写出。虽丛残多失次第,而涯略故在。大共尚语支言,史官末学,神鬼精物,数术波流;真人福地,神仙之中驷,幽验冥征,释氏之下乘。人间小书,致远恐泥[8],而洪笔晚起,此其权舆。况乃录自里巷,为国人所白心;出于造作,则思士之结想。心行曼衍,自生此品,其在文林,有如舜华,足以丽尔文明,点缀幽独,盖不第为广视听之具而止。然论者尚墨守故言。惜此旧籍,弥益零落,又虑后此闲暇者尠,爰更比缉,并校定昔人集本,合得如干种,名曰《古小说钩沉》。归魂故书,即以自求说释,而为谈大道者言,乃曰:稗官职志,将同古"采诗之官,王者所以观风俗知得失"矣。

1

＊　＊　＊

〔1〕 本篇据手稿编入，原无标点。最初以周作人的署名发表于1912年2月绍兴刊行的《越社丛刊》第一集；1938年出版的《鲁迅全集》第八卷《古小说钩沉》中未收。

《古小说钩沉》，鲁迅约于1909年6月至1911年底辑录的古小说佚文集，共收周《青史子》至隋侯白《旌异记》等三十六种。1938年6月首次印入鲁迅先生纪念委员会编辑的《鲁迅全集》第八卷。

〔2〕 班固（32—92）　字孟坚，扶风安陵（今陕西咸阳）人，东汉史学家。官至兰台令史。著有《汉书》一二〇卷。小说"出于稗官"等语，见《汉书·艺文志·诸子略》。稗官，《汉书·艺文志》："小说家者流，盖出于稗官。街谈巷语，道听涂说者之所造也。"唐代颜师古注："稗官，小官。"三国魏如淳注："王者欲知闾巷风俗，故立稗官使称说之。"

〔3〕 "采诗之官，王者所以观风俗知得失"　语出《汉书·艺文志·六艺略》："《书》曰'诗言志，歌咏言。'……故古有采诗之官，王者所以观风俗，知得失，自考正也。"

〔4〕 "可观者九"　《汉书·艺文志·诸子略》列有儒、道、阴阳、法、名、墨、纵横、杂、农、小说十家，并称："诸子十家，其可观者九家而已。"

〔5〕 《汉书·艺文志·诸子略》所录十五家小说，即《伊尹说》、《鬻子说》、《周考》、《青史子》、《师旷》、《务成子》、《宋子》、《天乙》、《黄帝说》、《封禅方说》、《待诏臣饶心术》、《待诏臣安成未央术》、《臣寿周纪》、《虞初周说》和《百家》。

〔6〕 《大戴礼》　亦称《大戴礼记》，相传为西汉戴德编纂，原书八十五篇，今存三十九篇。青史氏，指《青史子》的作者。《汉书·艺文志·诸子略》："《青史子》五十七篇。"班固自注："古史官记事也。"《隋

书·经籍志》称"梁有《青史子》一卷……亡。"则此书逸于隋唐间。鲁迅《古小说钩沉》录其佚文三则,两则辑自《大戴礼·保傅》(其一重见于《贾谊新书·胎教杂事》),一则辑自《风俗通义》。

〔7〕 《庄子》 道家的代表著作之一,《汉书·艺文志》著录五十二篇,今存三十三篇。作者庄周(约前369—前286),战国时宋国蒙(今河南商丘)人。《庄子·天下》引有宋钘"君子不为苛察,不以身假物"等语。宋钘,《孟子》作宋轻,《韩非子》作宋荣子,鲁迅认为他就是《宋子》的作者。参看《中国小说史略·汉书艺文志所载小说》。

〔8〕 致远恐泥 《论语·子张》:"子夏曰:虽小道,必有可观者焉,致远恐泥,是以君子弗为也。"《汉书·艺文志·诸子略》曾引此语以论小说。

谢承《后汉书》序[1]

《隋书》《经籍志》[2]：《后汉书》一百三十卷，无帝纪，吴武陵太守谢承撰。《唐书》《艺文志》同，又《录》一卷[3]。《旧唐志》三十卷[4]。承字伟平，山阴人，博学洽闻，尝所知见，终身不忘；拜五官郎中，稍迁长沙东部都尉，武陵太守。见《吴志》《妃嫔传》并注[5]。《后汉书》宋时已不传，故王应麟《困学纪闻》自《文选》注转引之[6]。吴淑进注《事类赋》在淳化时，亦言谢书遗逸[7]。清初阳曲傅山乃云其家旧藏明刻本，以校《曹全碑》，无不合[8]，然他人无得见者。惟钱塘姚之骃辑本四卷，在《后汉书补逸》中[9]，虽不著出处，难称审密，而确为谢书。其后仁和孙志祖[10]，黟汪文台[11]又各有订补本，遗文稍备，顾颇杂入范晔书[12]，不复分别。今一一校正，厘为六卷，先四卷略依范书纪传次第，后二卷则凡名氏偶见范书或所不载者，并写入之。案《隋志》录《后汉书》八家[13]，谢书最先，草创之功，足以称纪。而今日逸文，乃仅藉范晔书，《三国志》注及唐宋类书以存。注家务取不同之说，以备异闻。而类书所引，又多损益字句，或转写讹异，至不可通，故后贤病其荒率，时有驳难。亦就闻见所及，最其要约，次之本文之后，以便省览云。

＊　＊　＊

〔1〕 本篇据手稿编入,原无标点。当写于1913年3月。

谢承《后汉书》,鲁迅辑录的散佚古籍之一,1913年3月辑成,共六卷,未印行。

〔2〕《隋书》《经籍志》 《隋书》,纪传体隋代史,唐代魏徵等著,八十五卷。其中《经籍志》为长孙无忌等著,载列汉至隋的存佚书目。它所采用的经、史、子、集四部图书分类法,直至清代相沿未变。

〔3〕《唐书》《艺文志》 《唐书》,这里指《新唐书》,纪传体唐代史,宋代宋祁、欧阳修等著,二二五卷。其中《艺文志》载列唐时存书,所录谢承《后汉书》为"一三三卷,又《录》一卷"。

〔4〕《旧唐志》 即《旧唐书·经籍志》。《旧唐书》原名《唐书》,纪传体唐代史,五代后晋刘昫等著,二百卷。后人为与《新唐书》区别,故加"旧"字。按该书《经籍志》载:"《后汉书》一百三十三卷,谢承撰。"本文作"三十卷",字有脱误。

〔5〕《三国志·吴书·妃嫔传》:"吴主权谢夫人,会稽山阴人也。……早卒。后十余年,弟承拜五官郎中,稍迁长沙东部都尉,武陵太守,撰《后汉书》百余卷。"注:"《会稽典录》:承字伟平,博学洽闻,尝所知见,终身不忘。"《三国志》,纪传体魏、蜀、吴三国史,晋代陈寿著,六十五卷。注文为南朝宋裴松之作。

〔6〕 王应麟(1223—1296) 字伯厚,庆元(今浙江宁波)人,宋末学者。官至礼部尚书兼给事中。《困学纪闻》,读书笔记,二十卷。卷十三"考史"部"谢承"条有"谢承父婴为尚书侍郎"等语,下注:"谢承《后汉书》,见《文选》注。"《文选》,即《昭明文选》,诗文总集,南朝梁昭明太子萧统编,共三十卷。唐代李善为之作注,分为六十卷。《困学纪闻》引语见《文选》卷二十四陆士衡《答贾长渊》诗李善注。

〔7〕 吴淑(947—1002) 字正仪,宋代润州丹阳(今属江苏)人,官至职方员外郎。宋淳化(990—994)年间,进所著类书《事类赋》百篇,又应诏自加注释,分为三十卷。他在《进〈事类赋〉状》中称:谢承《后汉书》等"皆今所遗逸,而著述之家,相承为用。不忍弃去,亦复存之。"

〔8〕 傅山(1607—1684) 字青主,阳曲(今属山西)人,明清之际学者。据《困学纪闻》卷十三"考史"部"谢承"条阎若璩夹注:傅山自云其家有"永乐间扬州刊本"谢承《后汉书》;"郃阳曹全碑出,曾以谢书考证,多所裨,大胜范书。以寇乱亡失。"《曹全碑》,全称《汉郃阳令曹全碑》,东汉碑刻,记当时郃阳(今属陕西)县令曹全事迹。明代万历年间在陕西出土。

〔9〕 姚之骃 字鲁思,清代钱塘(今浙江杭州)人。康熙六十年进士,官至监察御史。辑有《〈后汉书〉补逸》二十一卷,内收已经逸失的《后汉书》八家:东汉刘珍《东观汉记》八卷,三国吴谢承《后汉书》四卷,晋薛莹《后汉书》、晋张璠《后汉记》、晋华峤《后汉书》、晋谢沈《后汉书》、晋袁山松《后汉书》各一卷,晋司马彪《续汉书》四卷。

〔10〕 孙志祖(1736—1800) 字诒穀,一字颐谷,清代仁和(今浙江杭州)人。官至御史。辑有《重订谢承〈后汉书〉补逸》五卷。著有《读书脞录》等。

〔11〕 汪文台(1796—1844) 字南士,清代黟(今属安徽)人。辑有《七家〈后汉书〉》二十一卷,包括谢承书八卷,薛莹书一卷,司马彪书五卷,华峤书二卷,谢沈书一卷,袁山松书二卷,张璠书一卷,并附失名氏书一卷。

〔12〕 范晔书 指范晔所著《后汉书》。范晔(398—445),字蔚宗,顺阳(今河南淅川)人,南朝宋史学家。曾官尚书吏部郎、宣城太守。撰《后汉书》,成帝纪、列传九十卷,即被杀。梁代刘昭以司马彪《续汉

书》八志分为三十卷补入。

〔13〕《隋志》录《后汉书》八家 《隋志》即《隋书·经籍志》。该志载录的八家《后汉书》为：刘珍《东观汉记》一四三卷；谢承《后汉书》一三〇卷；薛莹《后汉记》六十五卷；司马彪《续汉书》八十三卷；华峤《后汉书》十七卷；谢沈《后汉书》八十五卷；晋张莹《后汉南记》四十五卷；袁山松《后汉书》九十五卷；范晔《后汉书》九十七卷（又刘昭注本一二五卷）。现除范晔书及附于其后的司马彪书"八志"以外，皆已散逸。

[附]姚辑本《谢氏后汉书补逸》抄录说明[1]

　　《谢氏后汉书补逸》五卷　何梦华[2]藏书　钱唐丁氏善本书室[3]藏书　今在江南图书馆[4]

　　钱唐姚之骃辑,后学孙志祖增订。前有嘉庆七年萧山汪辉祖[5]序云,"案吴淑进注《事类赋》状在淳化时,已称谢书遗逸。王应麟《困学记闻》云:谢承,父婴,为尚书侍郎。原注:谢承《后汉书》,见《文选》注。是谢书在宋时已无传本。康熙间,姚氏之骃撰《后汉书考逸》,中有谢书四卷;孙颐谷先生重加纂集,凡姚采者一一著其出处,误者正,略者补,复以范书参订同异,其未采者别为续辑一卷。证引精博,可谓伟平功臣矣。"又归安严元照[6]序云,"谢书于忠义隐逸,蒐罗最备,不以名位为限,其所以发潜德幽光者,蔚宗不及也。"又有之骃原序。是书为梦华钞本,有"钱唐何元锡字敬祉号梦华又号蜨隐",又"布衣暖菜根香读书滋味长"[7]两印。

　　壬子[8]四月,假江南图书馆藏本写出,初五日起,初九日讫,凡五日。

*　　*　　*

　　〔1〕　本篇据手稿编入,原无标题、标点。前两段写在《谢氏后汉书补逸》抄稿之前,最后一段写在抄稿之后。

　　〔2〕　何梦华(1766—1829)　名元锡,字梦华,又字敬祉,号蝶隐,

8

清代钱塘(今浙江杭州)人。曾任主簿。精簿录之学,家多善本。有《秋神阁诗钞》。

〔3〕 丁氏善本书室　指钱塘丁氏小八千卷楼,参看本书第136页注〔39〕。

〔4〕 江南图书馆　清光绪三十三年(1907)两江总督端方奏请创办,时在南京龙蟠里。所藏善本图书颇多,包括从杭州购得的丁氏八千卷楼全部藏书。

〔5〕 汪辉祖(1731—1807)　字焕曾,清代浙江萧山人。乾隆时进士,曾任湖南宁远知县、道州知州。著有《学治臆说》、《病榻梦痕录》等。

〔6〕 严元照(1773—1817)　字九能,清代浙江归安(今湖州)人。诸生。藏书达数万卷。著有《尔雅匡名》、《悔庵文钞》等。

〔7〕 "布衣暖菜根香"句,原为宋末元初郑思肖(字所南)《隐居谣》的诗句。其中"菜根"原作"菜羹","读书"原作"诗书"(据《四库全书》本《宋诗纪事》)。

〔8〕 壬子　即公元1912年。

[附]关于汪辑本《谢承后汉书》[1]

谢承《后汉书》八卷,谢沈《后汉书》一卷,黟人汪文台南士辑,并在《七家〈后汉书〉》中。有太平崔国榜[2]序,其略云:"康熙中,钱唐姚鲁斯辑《东观汉记》以下诸家书为补逸,颇沿明儒陋习,不详所自,遗陋滋多。孙颐谷侍御曾据其本为谢承书补正,未有成书。近甘泉黄右原比部亦有辑本,视姚氏差详,终不赅备。黟汪先生南士,绩学敦行,著书等身,以稽古余力,重为蒐补。先生之友汤君伯玕,称先生旧藏姚本,随见条记,丹黄殆徧。复虑未尽,以属弟子汪学惇,学惇续有增益。学惇殁后,藏书尽售于人,汤君复见此本,已多脱落。亟手录一过,以还先生之子锡藩。锡藩奉櫬书,客江右,同岁生会稽赵执耒从锡藩叚钞,余因得见是书。执耒言:先生所据《北堂书钞》,乃朱氏潜采堂本,题曰《大唐类要》者也,归钱唐汪氏振绮堂。辛酉乱后,汪氏藏书尽散。浙中尚有写本,为孙氏冶城山馆物,后归陈兰邻大令家,近亦鬻诸他氏,远在闽中,无从叚阅,异日得之,当可续补数十条"云。岁壬子夏八月叚教育部所藏《七家后汉书》写出,初二日始,十五日毕。

* * *

〔1〕 本篇据手稿编入,写于 1912 年 9 月(旧历八月)。原无标题、标点。

〔2〕 崔国榜 清代太平(今属安徽)人,曾任建昌知府。

[附]汪辑本《谢承后汉书》校记[1]

元年[2]十二月十一日,以胡克家本《文选》[3]校一过。十二日,以《开元占经》及《六帖》[4]校一过。十三日,以明刻小字本《艺文类聚》[5]校一过。十四日,以《初学记》[6]校一过。十五日,以《御览》[7]校一过。十六至十九日,以范晔书校一过。二十至二十三日,以《三国志》校一过。二十四至二十七日,以《北堂书钞》[8]校一过。二十八至三十一日,以孙校本校一过。元年一月四日至七日,以《事类赋》注校一过。

* * *

〔1〕 本篇据手稿编入,写于1913年1月。原无标题、标点。

〔2〕 元年 指中华民国元年,即1912年。文末的"元年"当为"二年"。

〔3〕 胡克家本《文选》 胡克家(1757—1816),字占蒙,清代婺源(今属江西)人。他于嘉庆十四年(1809)翻刻宋代尤袤本李善注《文选》六十卷,并撰《考异》十卷。

〔4〕《开元占经》 即《大唐开元占经》,天文术数书,唐代瞿悉达著,共一二〇卷。《六帖》,类书,唐代白居易撰,又称《白氏六帖》,三十卷;宋代孔传续撰《后六帖》,三十卷。后人将二书合为一部,称《白孔六帖》,共一百卷。

〔5〕《艺文类聚》 类书,唐代欧阳询等编,共一百卷,分四十八部。明代嘉靖六年(1827)胡缵宗刊刻小字本,鲁迅校勘所用的是嘉靖

七年陆采加跋的胡刻重印本。

〔6〕《初学记》 类书,唐代徐坚等编,共三十卷,分二十三部。

〔7〕《御览》 即《太平御览》,类书,宋代李昉等编,共一千卷,分五十五门。书成于宋太宗太平兴国八年(984)十二月。

〔8〕《北堂书钞》 类书,唐代虞世南等编,共一六〇卷,分八五二类。

谢沈《后汉书》序[1]

《隋志》:《后汉书》八十五卷,本一百二十二卷,晋祠部郎谢沈撰。《唐志》:一百二卷,又《汉书外传》十卷[2]。《晋书》《谢沈传》[3]:沈字行思,会稽山阴人。郡命为主簿,功曹,察孝廉[4],太尉郗鉴[5]辟,并不就。会稽内史何充[6]引为参军,以母老去职。平西将军庾亮[7]命为功曹,征北将军蔡谟[8]牒为参军,皆不就。康帝[9]即位,以太学博士征,以母忧去职。服阕,除尚书度支郎。何充庾冰[10]并称沈有史才,迁著作郎,撰《晋书》三十余卷。会卒,年五十二。沈先著《后汉书》百卷及《毛诗》[11],《汉书外传》,所著述及诗赋文论皆行于世,其才学在虞预[12]之右。案《隋志》无《外传》者,或疑本在《后汉书》百二十二卷中,《唐志》乃复析出之,然据本传当为别书,今无遗文,不复可考。惟《后汉书》尚存十余条,辄缀辑为一卷。

* * *

〔1〕 本篇据手稿编入,原无标点。当写于1913年3月。

谢沈(292—344)《后汉书》,清代姚之骃《〈后汉书〉补逸》和汪文台《七家〈后汉书〉》中各有辑本一卷。鲁迅辑本未印行。

〔2〕 《唐志》 这里兼指《旧唐书·经籍志》和《新唐书·艺文

志》。《汉书外传》,《旧唐书·经籍志》著录:"《后汉书》……一百二卷,谢沈撰。《后汉书外传》,十卷,谢沈撰。"《新唐书·艺文志》著录:"谢沈《后汉书》,一百二卷,又《外传》十卷。"

〔3〕《晋书》 纪传体晋代史,唐代房玄龄等著,一三〇卷。《谢沈传》见该书卷八十二。

〔4〕 孝廉 "孝悌廉洁科"的简称,汉代选拔官吏的科目之一,每年由郡举"孝廉",合格者即授予官职。

〔5〕 郗鉴(269—339) 字道徽,高平金乡(今属山东)人,晋成帝咸康四年(338)任太尉。

〔6〕 何充(292—346) 字次道,庐江灊(今安徽霍山)人。晋成帝时任会稽内史,官至尚书令。

〔7〕 庾亮(289—340) 字元规,颍川鄢陵(今属河南)人。晋明帝穆皇后之兄,成帝时封平西将军。

〔8〕 蔡谟(281—356) 字道明,陈留考城(今河南兰考)人,晋成帝咸康五年(339)封征北将军。

〔9〕 康帝 东晋康帝司马岳(322—344),公元342年至344年在位。

〔10〕 庾冰(296—344) 字季坚,颍川鄢陵(今属河南)人。庾亮之弟。晋成帝时官至中书监。

〔11〕《毛诗》 西汉毛亨和毛苌所传《诗经》。《隋书·经籍志》载:梁代有谢沈所注《毛诗》二十卷,《毛诗释义》、《毛诗义疏》各十卷。三书皆亡。

〔12〕 虞预 参看本书《虞预〈晋书〉序》及其注〔1〕。

虞预《晋书》序[1]

《隋志》:《晋书》二十六卷,本四十四卷,讫明帝[2],今残缺,晋散骑常侍虞预撰。《唐志》:五十八卷。《晋书》《虞预传》:著《晋书》四十余卷。与《隋志》合,《唐志》溢出十余卷,疑有误。本传又云:预字叔宁,征士喜[3]之弟也。本名茂,犯明穆皇后讳[4],改。初为县功曹,见斥。太守庾琛[5]命为主簿。纪瞻[6]代琛,复为主簿,转功曹史。察孝廉,不行。安东从事中郎诸葛恢[7],参军庾亮[8]等荐预,召为丞相行参军兼记室。遭母忧,服竟,除佐著作郎。大兴中,转琅邪国[9]常侍,迁秘书丞,著作郎。咸和中,从平王含[10],赐爵西乡侯。假归,太守王舒[11]请为谘议参军。苏峻[12]平,进封平康县侯,迁散骑侍郎,著作如故。除散骑常侍,仍领著作。以年老归,卒于家。

* * *

〔1〕 本篇据手稿编入,原无标点。当写于1913年3月。

虞预,晋代余姚(今属浙江)人。所著《晋书》四十四卷,已佚;又著有《会稽典录》二十篇,《诸虞传》十二篇,并佚。鲁迅所辑虞氏《晋书》一卷,未印行。

〔2〕 明帝　东晋明帝司马绍(299—325),元帝之子,公元322年

至325年在位。

〔3〕 征士喜 指虞喜(281—356),字仲宁,晋代学者。朝廷三次征拜博士等官,俱不就。著有《安天论》、《志林新书》等。

〔4〕 明穆皇后 指晋明帝后庾文君。按文中说虞预本名犯明穆皇后讳,《晋书·虞预传》作"犯明穆皇后母讳"。

〔5〕 庾琛 字子美,颍川鄢陵(今属河南)人,明穆皇后父。西晋末年任会稽太守,官至丞相军谘祭酒。

〔6〕 纪瞻(253—324) 字思远,丹阳秣陵(今江苏南京)人。西晋末年任会稽内史,官至骠骑将军。

〔7〕 诸葛恢(265—326) 字道明,琅玡阳都(今山东沂南)人。曾任安东将军司马睿(即后来的晋元帝)属下的从事中郎,后官至尚书右仆射。

〔8〕 庾亮于西晋愍帝建兴(313—316)年间任丞相司马睿的参军。

〔9〕 琅邪国 琅邪亦作琅琊。西晋时,琅邪王封地在今山东临沂地区;东晋时,侨置于今江苏句容地区。太兴二年(319)虞预任琅邪国常侍,当时琅邪王为元帝子司马裒。

〔10〕 王含(? —324) 字处弘,临沂(今属山东)人,东晋大将军王敦之兄。官至骠骑大将军,随王敦叛乱,失败被沉水死。按明帝太宁二年(324)平王含,在成帝咸和(326—334)前。

〔11〕 王舒(? —333) 字处明,临沂人。东晋太宁末、咸和初任抚军将军、会稽内史。因平苏峻有功,进封彭泽县侯。

〔12〕 苏峻(? —328) 字子高,掖(今山东掖县)人。东晋元帝时官至冠军将军。咸和二年(327)起兵叛乱,次年兵败被杀。

16

《云谷杂记》跋[1]

右单父张淏[2]清源撰《云谷杂记》一卷,从《说郛》[3]写出。证以《大典》本[4],重见者廿五条,然小有殊异,余皆《大典》本所无。《说郛》残本五册,为明人旧抄,假自京师图书馆,与见行本[5]绝异,疑是南村[6]原书也。《云谷杂记》在第三十卷。以二夕写毕,唯讹夺甚多,不敢轻改,当于暇日细心校之。癸丑六月一日夜半记。

* * * *

〔1〕 本篇据手稿编入,原无标题、标点。写于1913年6月1日。《云谷杂记》,南宋张淏著,成书时间为宋宁宗嘉定五年(1212),是一部以考史论文为主的笔记,原书已佚。鲁迅于1913年5月31日和6月1日从明钞《说郛》残本辑其遗文四十九条,写成初稿本一卷。

〔2〕 张淏 字清源,生平参看本书《〈云谷杂记〉序》。按明钞《说郛》残本注以张淏为单父(今山东单县)人。

〔3〕 《说郛》 汉魏至宋元的笔记选集,元末明初陶宗仪编,一百卷。原书已残缺,清初陶珽增订为一二○卷,错误甚多。近人张宗祥集六种明钞残本为一百卷,商务印书馆印行。这里指的是明钞残本的一种,五册,为卷三、卷四及卷二十三至三十二,共十二卷。

〔4〕 《大典》本 指清代乾隆时从《永乐大典》中辑刊的《云谷杂

17

记》四卷本(武英殿聚珍版)。《永乐大典》,类书,明成祖时解缙等辑,始于永乐元年(1403),成于永乐六年(1408),共二二八七七卷。明代嘉靖、隆庆间又摹写为正、副两本。原本、副本毁于明亡之际;正本清代乾隆时已残阙,1900年八国联军入侵北京时,又遭焚毁、劫掠。1960年中华书局收集残本七三〇卷影印出版。

〔5〕 见行本　指陶珽刻本。

〔6〕 南村　陶宗仪(1316—?),字九成,号南村,黄岩(今属浙江)人,元末明初学者。元末不仕,入明后曾任教官。他除辑集《说郛》外,还著有《南村辍耕录》、《南村诗集》等。

《嵇康集》跋[1]

右《嵇康集》十卷,从明吴宽丛书堂钞本[2]写出。原钞颇多讹敚,经二三旧校[3],已可籀读。校者一用墨笔,补阙及改字最多。然删易任心,每每涂去佳字。旧跋谓出吴匏庵手,殆不然矣。二以朱校,一校新,颇谨慎不苟。第所是正,反据俗本。今于原字校佳及义得两通者,仍依原钞,用存其旧。其漫灭不可辨认者,则从校人,可惋惜也。细审此本,似与黄省曾[4]所刻同出一祖。惟黄刻帅意妄改,此本遂得稍稍胜之。然经朱墨校后,则又渐近黄刻。所幸校不甚密,故留遗佳字,尚复不少。中散遗文,世间已无更善于此者矣。癸丑十月二十日镫下记[5]。

* * *

〔1〕 本篇据手稿编入,原无标题、标点。写于1913年10月20日。收入1938年版《鲁迅全集》第九卷《嵇康集》时题为《跋》。

《嵇康集》,嵇康的诗文集,其版本源流参看本卷《〈嵇康集〉著录考》。鲁迅的校正本《嵇康集》系以明代吴宽丛书堂钞本为底本,在1913年至1931年间几经校订而成。嵇康(223—262),字叔夜,谯郡铚(今安徽宿县)人,三国魏末作家,曾任中散大夫。他与魏宗室通婚,又"非汤武而薄周孔",并因吕安案受牵连,而被谋夺魏朝政权的司马氏集团所杀。

〔2〕 吴宽丛书堂钞本　吴宽(1435—1504),字原博,号匏庵,长洲(今属江苏苏州)人,明代藏书家。丛书堂为其书室名。该钞本十卷,后附清人顾广圻、张燕昌题跋各一则,黄丕烈(署荛翁、复翁)题跋三则。鲁迅于1913年10月1日从京师图书馆借出抄录。

〔3〕 指丛书堂钞本上的朱墨两种校文(其中朱校二次)。黄丕烈跋称系"匏菴手自雠校"。顾广圻跋亦称:"卷中讹误之字,皆先生亲手改定。"

〔4〕 黄省曾(1490—1540)　字勉之,吴县(今属江苏苏州)人,明代藏书家。著有《五岳山人集》。所刻《嵇中散集》,十卷,前有黄氏自序,末署"嘉靖乙酉",即明代嘉靖四年(1525)。

〔5〕 文末原钤"周尉"白文印一枚。

《云谷杂记》序[1]

　　《云谷杂记》，宋张淏撰。《宋史》《艺文志》，《文献通考》，《直斋书录解题》[2]皆不载。明《文渊阁书目》[3]有之，云一册，然亦不传。清乾隆中，从《永乐大典》辑成四卷，见行于世。此本一卷，总四十九条，传自明钞《说郛》第三十卷，与陶珽[4]所刻绝异。刻本析为三种，曰《云谷杂记》，曰《艮岳记》，曰《东斋纪事》[5]，阙失七条，文句又多臆改，不足据。《大典》本百二十余条，此卷重出大半，然具有题目，详略亦颇不同，各有意谊，殊不类转写讹异。盖当时不止一刻，曾有所订定，故《说郛》及《大典》所据非一本也。淏字清源，其先开封人，自其祖寓婺之武义[6]，遂为金华人。举绍兴二十七年进士，补将仕郎，主管吏部架阁文字，举备顾问。绍定元年，以奉议郎致仕。又尝侨居会稽，撰《会稽续志》[7]八卷，越中故实，往往赖以考见。今此卷虽残阙，而匡略故在，传之世间，当亦越人之责邪！原钞讹夺甚多，校补百余字，始可通读，间有异同，辄疏其要于末[8]。其与《大典》本重出者，亦不删汰，以略见原书次第云。甲寅三月十一日会稽周作人记。

* * * *

　　[1]　本篇据手稿编入，原无标点。写于1914年3月11日，借署

周作人名。

按鲁迅辑成《云谷杂记》初稿本后,又继续校补整理,于1914年3月16日至22日写成定本。未印行。

〔2〕 《宋史》《艺文志》 《宋史》,纪传体宋代史,元代脱脱(清代改称托克托)等著,四九六卷。其中《艺文志》载录宋朝所存图书篇目。《文献通考》,记载上古至宋宁宗时典章制度的史书,宋末元初马端临著,三四八卷。《直斋书录解题》,书目提要,宋代陈振孙著,原书已佚。今本从《永乐大典》录出,二十二卷。

〔3〕 《文渊阁书目》 明朝宫廷藏书目录,明正统年间(1436—1449)杨士奇编著,四卷。

〔4〕 陶珽 字紫阆,号不退,姚安(今属云南)人,明末进士。曾增辑陶宗仪《说郛》,又补入明人作品五百二十七种为《续说郛》。

〔5〕 关于《艮岳记》、《东斋纪事》,陶珽刻本《说郛》将《云谷杂记》中"寿山艮岳"条抽出,充作《艮岳记》一书;又将另二十五条抽出,题为宋代许观的《东斋纪事》。

〔6〕 婺之武义 婺即婺州,治所在今浙江金华。武义为婺州属县。

〔7〕 《会稽续志》 张淏撰,又称《宝庆会稽续志》,系续宋代施宿《嘉泰会稽志》而作。共八卷(第八卷为孙因所作《越问》)。

〔8〕 指鲁迅写定本《云谷杂记》后所附的"札记"二十条。

《志林》序[1]

《晋书》《儒林》《虞喜传》：喜为《志林》三十篇。《隋志》作三十卷，《唐志》二十卷，并题《志林新书》。今《史记索隐》，《正义》，《三国志》注所引有二十余事[2]，于韦昭《史记音义》，《吴书》，虞溥《江表传》[3]多所辨正。其见于《文选》李善注，《书钞》，《御览》者，皆阙略不可次第。《说郛》亦引十三事，二事已见《御览》，余甚类小说，盖出陶珽妄作，并不录。

* * * *

〔1〕 本篇据手稿编入，原无标点。鲁迅1914年8月18日日记："写《志林》四叶。"

《志林》，晋代虞喜著。鲁迅辑本一卷，据《史记索隐》、《史记正义》、《三国志·吴书》注、《太平御览》等十种古籍校录而成，共四十则。未印行。

〔2〕 《史记索隐》 唐代司马贞撰。《正义》，即《史记正义》，唐代张守节撰。按鲁迅《志林》辑本中，有辑自《史记索隐》的十三则；辑自《史记正义》的三则；辑自《三国志》《吴书》注的九则。

〔3〕 韦昭《史记音义》 韦昭当为徐广。《史记索隐》、《史记正义》常引虞喜《志林》，对徐广的《史记音义》加以辨正。韦昭，字弘嗣，

三国吴云阳(今江苏丹阳)人,官至太子中庶子。著有《汉书音义》。《吴书》,三国吴史,韦昭撰,《新唐书·艺文志》著录五十五卷,已佚。虞溥(约249—约310),字允源,晋代昌邑(今山东巨野)人,官至鄱阳内史。所著《江表传》,《新唐书·艺文志》著录五卷,已佚。裴松之《三国志·吴书》注常引虞喜《志林》,对韦昭《吴书》和虞溥《江表传》加以辨正。

《广林》序[1]

《隋志》:梁有《广林》二十四卷,《后林》十卷,虞喜撰,亡。《唐志》《后林》复出,无《广林》[2]。杜佑《通典》引一节[3],书实尚存,又多引虞喜说,大抵襍论礼服或驳难郑玄,谯周,贺循[4],与所谓《广林》相类。又有称《释滞》,《释疑》,《通疑》[5]者,殆即《广林》篇目。《通疑》以难刘智《释疑》[6]。余不可考。今并写出,次《广林》之后。

* * *

〔1〕 本篇据手稿编入,写作时间未详。原无标点。按鲁迅校录《志林》、《广林》、《范子计然》、《任子》、《魏子》五书稿本合订为一册,书写体例、字迹、用纸相同,当为同一时期所录。

《广林》,鲁迅辑本一卷,据《通典》、《后汉书》、《路史余论》校录而成,共十一则。未印行。

〔2〕 《旧唐书·经籍志》著录:"《后林新书》十卷,虞喜撰。"《新唐书·艺文志》同。

〔3〕 杜佑(735—812) 字君卿,京兆万年(今陕西长安)人,唐代史学家。官至检校司徒同平章事。《通典》,记述上古至唐代宗时典章制度的史书,二百卷。该书卷八十八引有虞喜驳难谯周《五经然否》文一则,明注出于《广林》;其他卷中又引有虞喜驳难郑玄、谯周、贺循文

25

九则,俱未注明出于何书。以上十则,鲁迅辑本《广林》皆录入。

〔4〕 郑玄(127—200) 字康成,北海高密(今属山东)人,东汉经学家。长期聚徒讲学,建安中官大司农。曾注《毛诗》、《三礼》等。谯周(201—270),字允南,三国蜀巴西西充(今四川阆中)人,官至光禄大夫。著有《古史考》等。贺循,参看本书《贺循〈会稽记〉序》。

〔5〕 《释滞》 鲁迅辑得二则,录自《通典》卷九十三。《释疑》,鲁迅辑得一则,录自《通典》卷一〇三。《通疑》,鲁迅辑得五则,录自《通典》卷九十五、九十八。

〔6〕 刘智(？—289) 字子房,晋代平原高唐(今属山东)人。曾官侍中、尚书。著有《丧服释疑》二十卷,已佚。今有辑本一卷,在《汉魏遗书钞》中。

《范子计然》序[1]

《唐书》《艺文志》[2]:《范子计然》十五卷,范蠡问,计然答。列农家。马总《意林》[3]:《范子》十二卷。注云"并是阴阳历数也。"《汉书》《艺文志》有《范蠡》二篇,在兵权家,非一书。《隋志》亦不载计然,然贾思勰《齐民要术》[4]已引其说,则出于后魏以前,虽非蠡作,要为秦汉时故书,《隋志》盖偶失之。计然者,徐广《史记音义》云范蠡师也,名研[5]。颜师古《汉书》注云:一号计研,其书有《万物录》,著五方所出,皆直述之。事见《皇览》及《中经簿》。又《吴越春秋》及《越绝》并作计倪。此则倪,研及然,声皆相近,实一人耳。[6]案本书言计然以越王鸟喙,不可同利,未尝仕越[7]。而《越绝》记计倪官卑年少,其居在后,《吴越春秋》又在八大夫之列,出处画然不同。意计然,计倪自为两人,未可以音近合之。又郑樵《通志》《氏族略》引《范蠡传》:蠡师事计然。姓辛氏,字文子。[8]章宗源[9]以辛为宰氏之误。《汉志》农家有《宰氏》十七篇,或即此,然不能详。审谛逸文,有论"天道"及"九宫""九田",亦时著蠡问者,与马总所载《范子》合。又有言庶物所出及价直者,与师古所谓《万物录》合。盖《唐志》著录合此二分,故有十五篇,而马总,颜籀各举一分,所述遂见殊异,实为一书。今别其论阴阳,记方物者为上下卷,计倪《内经》[10]亦

27

先阴阳,后货物,殆计然之书例本如此,而二人相榍,亦自汉已然,故《越绝》即计以计然为计倪之说矣[11]。

* * *

〔1〕 本篇据手稿编入,写作时间未详。原无标点。

《范子计然》,鲁迅辑本两卷,据《史记》、《后汉书》、《艺文类聚》、《大观本草》等二十种古籍校录而成,共一二一则。未印行。

〔2〕《唐书》当指《新唐书》。《唐书·经籍志》不载《范子计然》。

〔3〕 马总(?—823) 字会元(一作元会),唐代扶风(今陕西岐山)人,官至户部尚书。《意林》,周秦以来诸家著作杂录,今本五卷,共收七十一家。

〔4〕 贾思勰 后魏齐郡益都(今属山东)人,官高阳太守。《齐民要术》,古农书,十卷。卷三、卷四引有《范子计然》论"五谷"和介绍"蜀椒"的文字。

〔5〕 徐广(352—425) 字野民,东晋东莞姑幕(今江苏常州)人,官至中散大夫。《史记音义》,《隋书·经籍志》著录十二卷,新、旧《唐志》著录十三卷,已佚。《史记·货殖列传》南朝宋裴骃《集解》:"徐广曰,计然者,范蠡之师也,名研,故谚曰'研、桑心筭'。"

〔6〕 颜师古(581—645) 名籀,唐代万年(今陕西西安)人。官中书侍郎、弘文馆学士,以注《汉书》著名。他在《汉书·货殖传》的注文中说:"计然一号计研,故《宾戏》曰'研、桑心计于无垠',即谓此耳。计然者,濮上人也,博学无所不通,尤善计算,尝游南越,范蠡卑身事之。其书则有《万物录》,著五方所出,皆直述之。事见《皇览》及晋《中经簿》。又《吴越春秋》及《越绝书》并作计倪。此则倪、研及然声皆相近,

实一人耳。"《皇览》,类书,《隋书·经籍志》著录一二〇卷,亡。《中经簿》,目录书,晋代荀勖撰,《隋志》著录十四卷,今存清代王仁俊辑本一卷。《吴越春秋》,史书,汉代赵晔著,现存十卷。该书卷六《勾践伐吴外传》载,"冬十月,越王乃请八大夫"问战,而实际列举的越国大夫仅计倪等七人。《越绝书》,史书,汉代袁康撰,十五卷。该书卷九《越绝外传·计倪第十一》:"昔者越王勾践近侵于强吴,……乃胁诸臣与之盟:'吾欲伐吴,奈何有功?'群臣默然无对。王曰:'夫主忧臣辱,主辱臣死,何大夫易见而难使也?'计倪官卑年少,其居在后,举首而起,曰:'殆哉,非大夫易见难使,是大王不能使臣也。'"

〔7〕 **计然以越王鸟喙** 鲁迅辑本《范子计然》卷上:"范蠡请见越王,计然曰:'越王为人鸟喙,不可与同利也。'范蠡乘偏舟于江湖。"引自《意林》、《后汉书·隗嚣传》注等。

〔8〕 **郑樵(1103—1162)** 字渔仲,莆田(今属福建)人,宋代史学家。南宋初曾任迪功郎、枢密院编修官等职。《通志》,史书,二百卷,包括自上古至隋的本纪、世家、年谱、列传和记载上古至唐宋文献资料的二十略。《氏族略》为二十略之一,记述氏族演变情况,其中说:"宰氏 《范蠡传》云,范蠡师计然,姓宰氏,字文子,葵丘濮上人。"又"辛氏……计然,本辛氏,改为计氏。"

〔9〕 **章宗源(约1751—1800)** 字逢之,清代山阴(今浙江绍兴)人,乾隆年间举人。著有《隋书经籍志考证》等。

〔10〕 **计倪《内经》** 记载越王勾践为策划伐吴而召见计倪的问答之词,见《越绝书》卷四。

〔11〕 第一个"计"字疑为衍文。

《任子》序[1]

马总《意林》:《任子》十二卷[2],注云,名奕。《御览》引《会稽典录》:"任奕,字安和,句章人。"又《吴志》注引《典录》:朱育对王朗云,近者"文章之士,立言粲盛则御史中丞句章任奕,鄱阳太守章安虞翔,各驰文檄,晔若春荣。"[3]罗濬《四明志》[4]亦有奕传,云今有《任子》十卷。奕书宋时已失,《志》云今有者,盖第据《意林》言之,隋唐志又未著录,故名氏转晦。胡元瑞疑即任嘏《道论》,徐象梅复以为临海任旭。[5]今审诸书所引,有任嘏《道德论》,有《任子》,其为两书两人甚明。惟《初学记》引任嘏论云:"夫贤人者,积礼义于朝,播仁风于野,使天下欣欣然歌舞其德。"与《御览》四百三[6]引《任子》相类,为偶合或误题,已不可考。今撰写直题《任子》者为一卷,以存其书。

* * * *

〔1〕 本篇据手稿编入,写作时间未详。原无标点。

《任子》,东汉句章(今浙江慈溪)任奕著。鲁迅辑本封面题作《任奕子》,正文题作《任子》,一卷。据《意林》、《太平御览》、《北堂书钞》、《初学记》校录而成,共二十六则。未印行。

〔2〕 当为十卷。

〔3〕 朱育　参看本书《朱育〈会稽土地记〉序》。引语见《三国志·吴书·虞翻传》注。

〔4〕 罗濬　宋代人,官从政郎、新赣州录事参军。《四明志》,地方志,罗濬、方万里等编修,成于宝庆三年(1227),共二十一卷。任奕传见该书卷八:"任奕,句章人,为御史中丞。朱育称其为文章之士,立言粲盛。今有《任子》十卷,见《意林》。"

〔5〕 胡元瑞(1551—1602)　名应麟,字元瑞,兰溪(今属浙江)人,明代学者。万历举人,筑室藏书,从事著述。著有《少室山房类稿》、《少室山房笔丛》等。《少室山房笔丛·经籍会通》:"惟《任奕子》未得考。而道家有魏河东太守任嘏撰《道论》十二卷,或字之讹也。"按任嘏,字昭先(一作昭光),三国魏黄门侍郎。非任奕。徐象梅,字仲和,明代杭州人,诸生,工诗文书画。著有《两浙名贤录》、《琅嬛史唾》等。《两浙名贤录》:"任次龙,名奕。郡将蒋秀请为功曹,谢去。后历官御史中丞。"按任次龙,名旭,晋代临海章安(今浙江临海)人,官至郎中。徐象梅误合任旭、任奕为一人。

〔6〕 《御览》四百三　按鲁迅辑本《任子》正文作"《御览》四百二",是。

《魏子》序[1]

《隋志》:《魏子》三卷,后汉会稽人魏朗撰。《唐志》同。马总《意林》作十卷,当由后人析分,或"十"字误。朗字少英,上虞人,桓帝时为尚书,被党议免归,复被急征,行至牛渚自杀。见《后汉书》《党锢传》。

* * *

〔1〕 本篇据手稿编入,写作时间未详。原无标点。

《魏子》,鲁迅辑本封面题作《魏朗子》,正文题作《魏子》,一卷。据《意林》、《太平御览》、《艺文类聚》、《事类赋》注、《文选》李善注、《路史·余论》校录而成,共十八则。未印行。

《会稽郡故书襍集》序[1]

　　《会稽郡故书襍集》者,取史传地记之逸文,编而成集,以存旧书大略也。会稽古称沃衍,珍宝所聚,海岳精液,善生俊异,[2]而远于京夏,厥美弗彰。吴谢承始传先贤,朱育又作《土地记》。载笔之士,相继有述。于是人物山川,咸有记录。其见于《隋书》《经籍志》者,杂传篇有四部三十八卷,地理篇二部二卷[3]。五代云扰,典籍湮灭。旧闻故事,殆尟子遗[4]。后之作者,遂不能更理其绪。作人幼时,尝见武威张澍所辑书[5],于凉土文献,撰集甚众。笃恭乡里,尚此之谓。而会稽故籍,零落至今,未闻后贤为之纲纪。乃翔就所见书传,刺取遗篇,絫为一袠。中经游涉[6],又闻明哲之论,以为夸饰乡土,非大雅所尚,谢承虞预且以是为讥于世[7]。俯仰之间,遂辍其业。十年已后,归于会稽[8],禹勾践之遗迹[9]故在。士女敖嬉,瞬眄而过,殆将无所眷念,曾何夸饰之云,而土风不加美。是故敍述名德,著其贤能,记注陵泉,传其典实,使后人穆然有思古之情,古作者之用心至矣!其所造述虽多散亡,而逸文尚可考见一二,存而录之,或差胜于泯绝云尔。因复撰次写定,计有八种。诸书众说,时足参证本文,亦各最录,以资省览。书中贤俊之名,言行之迹,风土之美,多有方志所遗,舍此更不可见。用遗邦人,庶几供其景行[10],不忘于故。第以寡闻,不能博引。如有未备,览者详焉。太岁在阏逢摄提格九月既望[11],会稽周作人记。

* * *

〔1〕 本篇最初发表于1914年12月《绍兴教育杂志》第二期,后印入1915年2月在绍兴木刻刊行的《会稽郡故书襍集》,均借署周作人名。1938年随该集编入《鲁迅全集》第八卷。以下八篇,是作者为集内所辑八种逸书分别撰写的序文。

《会稽郡故书襍集》,鲁迅早期辑录的古代逸书集,共收谢承《会稽先贤传》、虞预《会稽典录》、钟离岫《会稽后贤传记》、贺氏《会稽先贤像赞》、朱育《会稽土地记》、贺循《会稽记》、孔灵符《会稽记》和夏侯曾先《会稽地志》八种。前四种记载古代会稽的人物事迹,后四种记载古代会稽的山川地理、名胜传说。所录佚文大都辑自唐宋类书及其他古籍,并经相互校勘补充。会稽郡,始置于秦代,治所在吴(今江苏苏州);东汉分置吴郡,移治于山阴(今浙江绍兴),辖今浙江绍兴、上虞、余姚、诸暨、鄞等县。

〔2〕 海岳精液,善生俊异 《会稽典录·朱育》:"(虞)翻对曰:'夫会稽上应牵牛之宿,下当少阳之位。……山有金木鸟兽之殷,水有鱼盐珠蚌之饶。海岳精液,善生俊异。'"

〔3〕 《隋书》《经籍志》所载会稽典籍,其史部"杂传"篇著录谢承《会稽先贤传》七卷、钟离岫《会稽后贤传记》二卷、虞预《会稽典录》二十四卷、无名氏《会稽先贤像赞》五卷;"地理"篇著录朱育《会稽土地记》一卷、贺循《会稽记》一卷。

〔4〕 孑遗 《诗经·大雅·云汉》:"周余黎民,靡有孑遗。"

〔5〕 张澍(1776—1847) 字时霖,清代武威(今属甘肃)人。嘉

34

庆年间进士,曾官知县。所辑《二酉堂丛书》,集录唐代以前与凉州地区(今甘肃、宁夏等地)有关的文献共二十一种,三十卷。

〔6〕 中经游涉　指作者于1898年离乡往南京求学,又于1902年留学日本。

〔7〕 谢承虞预且以是为讥于世　如唐代刘知几《史通·杂述》以为虞预《会稽典录》等"郡书":"矜其乡贤,美其邦族,施于本国,颇得流行,置于他方,罕闻爱异。"清代沈钦韩《后汉书疏证》(卷三)认为谢承《后汉书》中关于王充的记载失实,说:"盖谢承书本多虚诬,而充其乡里先辈,务欲矜夸,不知其乖谬也。"

〔8〕 十年已后,归于会稽　鲁迅于1909年从日本归国在杭州任教,1910年回到绍兴,离乡已过十年。

〔9〕 禹勾践之遗迹　禹,我国古代部落联盟的领袖,夏朝的建立者,以平治洪水著称。据说他死在会稽,今绍兴城东有禹陵。勾践(?—前465),春秋末年越国国君。曾为吴国所败,后起卧尝胆,刻苦图强,终于灭吴。会稽为越国都城,会稽山上有越王城故迹。

〔10〕 景行　《诗经·小雅·车辖》:"高山仰止,景行行止。"

〔11〕 太岁在阏逢摄提格九月既望　即夏历甲寅年九月十六日(1914年11月3日)。太岁即木星,古时据其运转方位以纪年。太岁在甲为"阏逢",在寅为"摄提格"。夏历每月十五为望日。既望,即十六日。

谢承《会稽先贤传》序[1]

《隋书》《经籍志》:《会稽先贤传》七卷,谢承撰。《新唐书》《艺文志》同。《旧唐书》《经籍志》作五卷。侯康《补三国艺文志》[2]云:"《御览》屡引之。"所记"诸人事,多史传之佚文。严遵二条,足补《后汉书》本传之阙。陈业二条,足以证《吴志》《虞翻传》注。吉光片羽,皆可宝也。"今撰集为一卷。承字伟平,山阴人。吴主孙权[3]时,拜五官郎中,稍迁长沙东部都尉,武陵太守。撰《后汉书》百余卷。见《吴志》《谢夫人传》。

* * *

〔1〕 谢承《会稽先贤传》 鲁迅辑本一卷,收录记载严遵、董昆、陈业、阚泽等八人事迹的佚文九则。

〔2〕 侯康(1798—1837) 字君谟,清代番禺(今属广东)人,道光举人。著有《后汉书补注续》、《三国志补注》等。所著《补三国艺文志》,载录、考证三国时代的典籍,共四卷。引文见卷三。

〔3〕 孙权(182—252) 字仲谋,富春(今浙江富阳)人,三国时吴国国君。公元229年至252年在位。

虞预《会稽典录》序[1]

《隋书》《经籍志》:《会稽典录》二十四卷,虞预撰。《旧唐书》《经籍志》,《新唐书》《艺文志》同。预字叔宁,余姚人。本名茂,犯明帝穆皇后讳[2],改。初为县功曹,见斥。太守庾琛命为主簿。纪瞻代琛,复为主簿,转功曹史。察孝廉,不行。安东从事中郎诸葛恢,参军庾亮等荐预,召为丞相行参军兼记室。遭母忧,服竟,除佐著作郎。大兴中,转琅邪国常侍,迁秘书丞,著作郎。咸和中,从平王含,赐爵西乡侯。假归,太守王舒请为咨议参军。苏峻平,进封平康县侯,迁散骑侍郎,著作如故。除散骑常侍,仍领著作。以年老归,卒于家。撰《晋书》四十余卷,《会稽典录》二十篇。见《晋书》本传。《典录》,《宋史》《艺文志》已不载,而宋人撰述,时见称引[3],又非出于转录。疑民间尚有其书,后遂湮昧。今搜缉逸文,尚得七十二人。略依时代次第,析为二卷。有虑非本书者,别为存疑一篇,附于末[4]。

* * * *

〔1〕 虞预《会稽典录》 鲁迅辑本分上、下二卷,收录记载范蠡、严光、谢承、朱育等七十二人事迹和会稽地理的佚文共一一二则。

〔2〕 虞预本名犯讳之说,参看本书第16页注〔4〕。

〔3〕 关于《会稽典录》为宋人撰述所称引,如《太平御览》引有《会稽典录》七十余则,《事类赋》注、《嘉泰会稽志》、《宝庆四明志》等,亦有征引。

〔4〕 指附于鲁迅辑本之后的《〈会稽典录〉存疑》,内收记载陈嚣、沈丰、贺钝、沈震事迹的佚文四则,鲁迅疑非出于《会稽典录》,故不列为正文。

钟离岫《会稽后贤传记》序[1]

《隋书》《经籍志》:《会稽后贤传记》二卷,钟离岫撰。《旧唐书》《经籍志》,《新唐书》《艺文志》并云《会稽后贤传》三卷。无"记"字。钟离岫未详其人。章宗源《〈隋志〉史部考证》[2]据《通志》《氏族略》以为楚人。案《元和姓纂》[3]云:"汉有钟离昧,楚人。钟离岫撰《会稽后贤传》。"楚人者谓昧[4],今以属岫,甚非。汉代以来,钟离为会稽望族[5],特达者众,疑岫亦郡人,故为邦贤作传矣。今缉合逸文,写作一卷,凡五人,仍依《隋志》题曰《传记》。

* * *

〔1〕 钟离岫《会稽后贤传记》 鲁迅辑本一卷,收录记载孔愉、孔群、孔坦等五人事迹的佚文五则。

〔2〕 《〈隋志〉史部考证》 章宗源所著《〈隋书·经籍志〉考证》,仅成史部十三卷。

〔3〕 《元和姓纂》 唐代林宝著,十卷。成于宪宗元和年间(806—820),故名。此书记述唐代各姓氏的来源和旁支世系。原书已佚,今本辑自《永乐大典》。

〔4〕 楚人者谓昧 钟离昧(?—前201),秦末东海朐(在今江苏连云港西南)人,项羽部将,后归汉将韩信,汉高祖六年被迫自杀。见

《史记·项羽本纪》。

〔5〕 钟离为会稽望族 东汉有山阴钟离意,史称良吏,官至尚书仆射;三国吴有钟离牧,曾任南海太守,为钟离意七世孙。牧又有子盛、徇,分别为吴尚书郎和水军都督。

贺氏《会稽先贤像赞》序[1]

《隋书》《经籍志》:《会稽先贤像赞》五卷。《旧唐书》《经籍志》作四卷,贺氏撰。《新唐书》《艺文志》云:《会稽先贤像传赞》四卷。[2] 其书当有传有赞,故《旧唐志》史录,集录各著其目[3]。又有《会稽太守像赞》二卷,亦贺氏撰。今悉不传。唯《北堂书钞》引《先贤像赞》二条,此后不复见有称引,知其零失久矣。辄复写所存《传》文为一卷。《赞》并亡。贺氏之名亦无考。

* * * *

〔1〕 贺氏《会稽先贤像赞》 鲁迅辑本一卷,收录记载董昆、綦母俊事迹的佚文各一则。贺氏生平无考。

〔2〕 《会稽先贤像传赞》 按《新唐书·艺文志》作"贺氏《会稽先贤传像赞》四卷"。

〔3〕 《旧唐志》史录,集录各著其目 《旧唐书·经籍志》史部目录"杂传类"著录:"《会稽先贤像赞》四卷,贺氏撰";集部目录"总集类"著录:"《会稽先贤赞》四卷,贺氏撰。"又上述二部目录并载:"《会稽太守像赞》二卷,贺氏撰。"

41

朱育《会稽土地记》序[1]

《隋书》《经籍志》史部地理篇:《会稽土地记》一卷,朱育撰。《旧唐书》《经籍志》,《新唐书》《艺文志》并作四卷,又削"土地"二字,入杂传记类。《世说新语》注[2]引《土地志》二条,不题撰人,盖即育记。所言皆涉地理,意《唐志》以为传记者,失之。其书,唐宋以来,绝不见他书征引,知阙失已久。所存逸文,亦寥落不复成篇。以其为会稽地记最古之书,聊复写出,以存其目。育字嗣卿,山阴人,吴东观令,遥拜清河太守,加位侍中。见《会稽典录》。

* * *

〔1〕 朱育《会稽土地记》 鲁迅辑本一卷,收录记载山阴、长山的佚文各一则。

〔2〕 《世说新语》注 《世说新语》,笔记小说,南朝宋刘义庆著,分三十六门,原本八卷,今本三卷。记载汉末至东晋名人逸事、言谈。南朝梁刘峻作注,引书四百余种,补充史料,印证正文。所引《土地志》二条见《言语》篇注。

贺循《会稽记》序[1]

《隋书》《经籍志》:《会稽记》一卷,贺循撰。《旧唐书》《经籍志》,《新唐书》《艺文志》皆不载。循字彦先,山阴人,举秀才,除阳羡,武康令。以陆机荐,召为太子舍人[2]。元帝[3]为晋王,以为中书令,不受。转太常,领太子太傅,改授左光禄大夫,开府仪同三司。卒赠司空,谥曰穆。见《晋书》本传。

* * *

〔1〕 贺循《会稽记》 鲁迅辑本一卷,收录记载会稽地理传说的佚文四则。

〔2〕 陆机(261—303) 字士衡,吴郡华亭(今上海松江)人,西晋文学家。曾官平原内史。著有《陆士衡集》。《晋书·贺循传》:陆机上疏,荐"循可尚书郎","久之,召补太子舍人"。

〔3〕 元帝 即司马睿(276—322),司马懿曾孙,袭封琅玡王。愍帝建兴四年(316)西晋亡,他在建康(今江苏南京)称晋王,次年即帝位,史称东晋。

孔灵符《会稽记》序[1]

孔灵符《会稽记》，《隋书》《经籍志》及新旧《唐志》皆不著录。《宋书》《孔季恭传》[2]云：季恭，山阴人。子灵符[3]，元嘉末为南谯王义宣[4]司空长史，南郡太守，尚书吏部郎。大明初，自侍中为辅国将军，郢州刺史。入为丹阳尹，出守会稽。又为寻阳王子房[5]右军长史。景和中，以迕近臣，被杀。太宗[6]即位，追赠金紫光禄大夫。诸书引《会稽记》，或云孔灵符，或云孔晔。晔当是灵符之名。如射的谚[7]一条，《御览》引作灵符，《寰宇记》[8]引作晔，而文辞无甚异，知为一人。《艺文类聚》引或作孔皋，则晔字传写之误。今亦不复分别，第录孔氏《记》为一篇。其不题撰人者，别次于后。

* * *

〔1〕 孔灵符《会稽记》 鲁迅辑本一卷，收录记载会稽地理传说的佚文五十六则，其中包括未著撰人及存疑者十七则。

〔2〕 《宋书》《孔季恭传》 《宋书》，纪传体南朝宋史，南朝梁沈约著，一百卷。《孔季恭传》见该书卷五十四，后附孔灵符传。

〔3〕 子灵符 《宋书·孔季恭传》作"弟灵符"。

〔4〕 南谯王义宣 刘义宣（413—452），南朝宋武帝刘裕之子。文帝元嘉九年（432）封南谯王。

〔5〕 寻阳王子房　即南朝宋孝武帝刘骏第六子刘子房(456—466),大明四年(460)封寻阳王,泰始二年(466)贬为松滋县侯,被杀。

〔6〕 太宗　即南朝宋明帝刘彧(439—472),公元465年至472年在位。

〔7〕 射的谚　孔灵符《会稽记》中关于射的山的一条记载。射的山,位于今浙江萧山,因有射的石而得名。传说当地人据此石颜色的明暗以占米价,谚云:"射的白,斛一百;射的玄,斛一千。"按《太平御览》卷四十七"秦望山"条引射的谚,出自《水经注》;同卷"鹤山"条提及射的山,则标明引自"孔灵符《会稽记》",但无射的谚。

〔8〕 《寰宇记》　即《太平寰宇记》,地理总志,北宋乐史著,二百卷。关于射的谚的记载见该书卷九十六。

夏侯曾先《会稽地志》序[1]

　　夏侯曾先《会稽地志》,《隋书》《经籍志》及新旧《唐志》皆不载。曾先事迹,亦无可考见。唐时撰述已引其书[2],而语涉梁武[3],当是陈隋间人。

* * *

　　[1] 夏侯曾先《会稽地志》　鲁迅辑本一卷,收录记载会稽山川、地理、人物传说的佚文三十三则。

　　[2] 关于夏侯曾先《会稽地志》为唐时撰述所称引,如鲁迅所辑"石帆"、"欧冶子"二条,即见引于唐代徐坚等所撰《初学记》。

　　[3] 梁武　即梁武帝萧衍(464—549),南朝梁的建立者,公元502年至549年在位。《嘉泰会稽志》卷六引《会稽地志》"乌带山"条有"梁武帝遣乌笪采石英于此山而卒"等语。

《百喻经》校后记[1]

乙卯七月二十日,以日本翻刻高丽宝永己丑年[2]本校一过。异字悉出于上,多有谬误,不可尽据也。

* * * *

〔1〕 本篇据手稿编入,写于1915年7月20日。原在鲁迅自藏《百喻经》校本后,无标题、标点。

《百喻经》,全名《百句譬喻经》,佛教寓言集,古印度僧伽斯那著,南朝齐时印度来华僧人求那毗地译。鲁迅1914年捐资由金陵刻经处刻印,二卷。

〔2〕 高丽宝永己丑年 公元1709年,即朝鲜肃宗三十五年。按肃宗无年号,此处"宝永"系借用相应的日本年号。

《寰宇贞石图》整理后记[1]

　　右总计二百卅一种,宜都杨守敬[2]之所印也。乙卯[3]春得于京师,大小四十余纸,又目录三纸,极草率。后见它本,又颇有出入,其目录亦时时改刻,莫可究竟。明代书估刻丛,每好变幻其目,以眩买者,此盖似之。入冬无事,即尽就所有,略加次第,帖为五册。审碑额阴侧,往往不具,又时裒翻刻本,殊不足凭信。以世有此书,亦聊复存之云尔。

※　　※　　※

　　〔1〕 本篇据手稿编入,原在鲁迅整理本《寰宇贞石图》目录之后,无标题、标点。当写于1916年1月。

　　《寰宇贞石图》,清末杨守敬所辑石刻拓片集,原书六卷。共收二百三十余种,以中国先秦至唐宋的碑刻墓志为主,兼收日本、朝鲜碑刻数种。该书有清代光绪八年(1882)、宣统二年(1910)两种石印本,后者有所增改。鲁迅整理本五册,未印行。

　　〔2〕 杨守敬(1839—1915) 字惺吾,湖北宜都人,清末学者。曾在驻日使馆任职。著有《水经注疏》、《日本访书志》、《历代舆地图》等。

　　〔3〕 乙卯 指1915年。鲁迅1915年8月3日日记:"下午,敦古谊帖店送来石印《寰宇贞石图》散叶一分五十七枚。"又1916年1月2日日记:"夜整理《寰宇贞石图》一过。"

《嵇康集》逸文考[1]

嵇康《游仙诗》云:翩翩凤辖,逢此网罗。(《太平广记》四百引《续齐谐记》[2]。)

嵇康有《白首赋》。(《文选》二十三谢惠连《秋怀诗》李善注[3]。)

嵇康《怀香赋序》曰:余以太簇之月,登于历山之阳,仰眺崇冈,俯察幽坂。乃睹怀香,生蒙楚之间。曾见斯草,植于广厦之庭,或被帝王之囿。怪其遐弃,遂迁而树于中唐。华丽则殊采阿那,芳实则可以藏书。又感其弃本高崖,委身阶庭,似傅说显殷,四叟归汉,故因事义赋之。(《艺文类聚》八十一。案《太平御览》九百八十三引嵇含《槐香赋》,文与此同,《类聚》以为康作,非也。严可均辑《全三国文》据《类聚》录之,张溥本亦存其目,并误[4]。)

嵇康《酒赋》云:重酎至清,渊凝冰洁,滋液兼备,芬芳□□[5]。(《北堂书钞》一百四十八。案同卷又引嵇含《酒赋》云:"浮蝖萍连,醪华鳞设。"疑此四句亦嵇含之文。)

嵇康《蚕赋》曰:食桑而吐丝,前乱而后治。[6](《太平御览》八百十四。)

嵇康《琴赞》云:懿吾雅器,载璞灵山。体具德真,清和自然。澡以春雪,澹若洞泉。温乎其仁,玉润外鲜。昔在黄农,神物以臻。穆穆重华,託心五弦。("託心"《书钞》作"记以",据《初学记》十六引改。)闲邪纳正,亹亹其仙。宣和养气(《初学记》十六两引,一作"素"),介乃遐年。(《北堂书钞》一百九。)[7]

嵇康《太师箴》[8]曰:若会酒坐,见人争语,其形势似欲转盛,便当舍去,此斗之兆也。(《太平御览》四百九十六。严可均曰:"此疑是序,未敢定之。"今案:此《家诫》也,见本集第十卷,《御览》误题尔。)

嵇康《灯铭》:肃肃宵征,造我友庐,光灯吐耀,华缦长舒。(见《全三国文》,不著所出。今案:《杂诗》[9]也,见本集第一卷,亦见《文选》。)

《嵇康集目录》(《世说》注,《御览》引作《嵇康集序》)曰:孙登者,字公和,不知何许人。无家属,于汲县北山土窟中得之。夏则编草为裳,冬则被发自覆。好读《易》,鼓一弦琴,见者皆亲乐之。每所止家,辄给其衣食服饮,食得,无辞让。(《魏志》《王粲传》注,《世说新语》《栖逸》篇注;《御览》二十七,又九百九十九。)

《嵇康文集录》注曰:河内山嵚,守颍川,山公族父。(《文选》嵇叔夜《与山巨源绝交书》[10]李善注。)

《嵇康文集录》注曰:阿都,吕仲悌,东平人也。(同上。)

* * *

〔1〕 本篇据手稿编入,当写定于1924年6月之前,原题《〈嵇康集〉逸文》,无标点。后附入鲁迅校本《嵇康集》末。收入1938年版《鲁

迅全集》第九卷时,据《〈嵇康集〉序》中所称改为今题。

〔2〕 《太平广记》 类书,宋代李昉等编,五百卷。主要收录六朝至宋初的小说、笔记,引书四百七十余种,分九十二类。《续齐谐记》,志怪小说集,南朝梁吴均著,一卷。续南朝宋东阳无疑《齐谐记》(已佚)而作,故名。

〔3〕 谢惠连(397—433) 南朝宋文学家,陈郡阳夏(今河南太康)人。曾任彭城王刘义康法曹参军,有《谢法曹集》。李善(约630—689),唐代扬州江都(今属江苏)人。高宗时官崇文馆学士。曾注《昭明文选》。

〔4〕 按宋本《艺文类聚》所收《怀香赋序》署嵇含作,别本误署嵇康。鲁迅所引文字与宋本稍有出入。嵇含(263—306),字君道,嵇康侄孙。晋初任襄城太守。严可均(1762—1843),字景文,号铁桥,乌程(今浙江吴兴)人,清代学者。嘉庆时举人,曾任建德教谕。所编《全上古三代秦汉三国六朝文》为文总集,七六四卷。按该书据《艺文类聚》收《怀香赋序》于嵇康文中,又据《太平御览》收《槐香赋》并序于嵇含文中,二序实为一篇。张溥(1602—1641),字天如,太仓(今属江苏)人,明代文学家。崇祯四年进士,复社的创立者之一。编有《汉魏六朝百三名家集》,内收《嵇中散集》,集中全录《怀香赋序》,非仅存其目。

〔5〕 芬芳□□ 清代孔广陶校本《北堂书钞》引此句缺二字,明代陈禹谟本《北堂书钞》作"芬菲澂澈"。

〔6〕 《蚕赋》 这里题作嵇康《蚕赋》的两句引文出自荀卿《赋篇》,《太平御览》题撰人为"荀卿",篇名作《蚕赋》;严可均《全上古三代秦汉三国六朝文》转引《御览》时误题撰人为嵇康。

〔7〕 "穆穆重华"等六句,据孔广陶本《北堂书钞》。陈禹谟本作"穆穆重华,五弦始兴。闲邪纳正,感扬悟灵。宣和养气,介乃遐龄。"按

《初学记》卷十六引"闲闲纳正,宣和养素"二句,题嵇康《琴赞》;引"穆穆重华,託心五弦,宣和养气,介乃遐年"四句,误题嵇康《琴赋》。

〔8〕《太师箴》 嵇康所作的一篇讽诫皇帝的文章,见鲁迅校本《嵇康集》卷十。

〔9〕《杂诗》 嵇康所作的一首四言诗,见鲁迅校本卷一,即《四言诗十一首》之十一;黄省曾刻本则单列,另题《杂诗一首》。此诗又见《文选》卷二十九。

〔10〕嵇叔夜《与山巨源绝交书》 见鲁迅校本《嵇康集》卷二。山巨源即山涛(205—283),字巨源,河内怀(今河南武陟)人,嵇康友人。魏末任选曹郎,曾推荐嵇康接替自己的职务,嵇康鄙弃他依附司马氏集团,写信与之绝交。

《嵇康集》著录考[1]

《隋书》《经籍志》:魏中散大夫《嵇康集》十三卷。(梁十五卷,录一卷。)

《唐书》《经籍志》:《嵇康集》十五卷。

《新唐书》《艺文志》:《嵇康集》十五卷。

《宋史》《艺文志》:《嵇康集》十卷。

《崇文总目》[2]:《嵇康集》十卷。

郑樵《通志》《艺文略》:魏中散大夫《嵇康集》十五卷。

晁公武《郡斋读书志》[3]:《嵇康集》十卷。右魏嵇康叔夜也,谯国人。康美词气,有丰仪,不事藻饰。学不师受,博览该通。长好老庄,属文玄远。以魏宗室婚,拜中散大夫。景元初,钟会谮于晋文帝,遇害。

尤袤《遂初堂书目》[4]:《嵇康集》。

陈振孙[5]《直斋书录解题》:《嵇中散集》十卷。魏中散大夫谯嵇康叔夜撰。本姓奚,自会稽徙谯之铚县嵇山,家其侧,遂氏焉,取稽字之上,志其本也。所著文论六七万言,今存于世者仅如此。《唐志》犹有十五卷。

马端临[6]《文献通考》《经籍考》:《嵇康集》十卷。(案下全引晁氏《读书志》,陈氏《解题》,并已见。)

杨士奇[7]《文渊阁书目》:《嵇康文集》。(一部,一册。阙。）

叶盛《菉竹堂书目》[8]:《嵇康文集》一册。

焦竑《国史》《经籍志》[9]:《嵇康集》十五卷。

钱谦益《绛云楼书目》:《嵇中散集》二册。（陈景云注云："十卷,黄刻,佳。"）[10]

钱曾《述古堂藏书目》[11]:《嵇中散集》十卷。

《四库全书总目》:《嵇中散集》十卷（两江总督采进本）。旧本题晋嵇康撰。案康为司马昭所害,时当涂之祚未终,则康当为魏人,不当为晋人,《晋书》立传,实房乔等之舛误。本集因而题之,非也。《隋书》《经籍志》载康文集十五卷。新旧《唐书》并同。郑樵《通志略》所载卷数尚合。至陈振孙《书录解题》,则已作十卷,且称康"所作文论六七万言,其存于世者仅如此。"则宋时已无全本矣。疑郑樵所载,亦因仍旧史之文,未必真见十五卷之本也。王楙《野客丛书》（见卷八）云："《嵇康传》曰,康喜谈名理,能属文,撰《高士传赞》,作《太师箴》,《声无哀乐论》。余（明刻本《野客丛书》作'仆'）得毘陵贺方回家所藏缮写《嵇康集》十卷,有诗六十八首,今《文选》所载（有'康诗'二字）才三数首。《选》惟载康《与山巨源绝交书》一首,不知又有《与吕长悌绝交》一书。《选》惟载《养生论》一篇,不知又有《与向子期论养生难答》一篇,四千余言,辩论甚悉。集又有《宅无吉凶摄生论难》上中下三篇,《难张辽（'辽'下尚有一字,已泐）自然好学论》一首,《管蔡论》,《释私论》,《明胆论》等文。（其词旨玄远,率根于理,读之可想见当时之风致。——'文'下有此十九字。)《崇文总目》谓

《嵇康集》十卷,正此本尔。唐《艺文志》谓《嵇康集》十五卷,不知五卷谓何?"观楸所言,则樵之妄载确矣。此本凡诗四十七篇,赋一篇,书二篇,杂著二篇,论九篇,箴一篇,家诫一篇,而杂著中《嵇荀录》一篇,有录无书,实共诗文六十二篇。又非宋本之旧,盖明嘉靖乙酉吴县黄省曾所重辑也。杨慎《丹铅总录》尝辨阮籍卒于康后,而世传籍碑为康作。此本不载此碑,则其考核犹为精审矣。[12]

《四库简明目录》[13]:《嵇中散集》十卷,魏嵇康撰。《晋书》为康立传,旧本因题曰晋者,缪也。其集散佚,至宋仅存十卷。此本为明黄省曾所编,虽卷数与宋本同,然王楙《野客丛书》称康诗六十八首,此本仅诗四十二首,合杂文仅六十二首,则又多所散佚矣。

朱学勤《结一庐书目》:《嵇中散集》十卷。(计一本。魏嵇康撰。明嘉靖四年黄氏仿宋刊本。)[14]

洪颐煊《读书丛录》[15]:《嵇中散集》十卷。每卷目录在前。前有嘉靖乙酉黄省曾序。《三国志》《邴原传》裴松之注:"张貔父邈,字叔辽,《自然好学论》在《嵇康集》。"今本亦有此篇。又诗六十六首,与王楙《野客丛书》本同,是从宋本翻雕。每叶廿二行,行廿字。

钱泰吉《曝书杂记》[16]:平湖家梦庐翁天树[17],笃嗜古籍,尝于张氏爱日精庐[18]藏书眉间记其所见,犹随斋批注《书录解题》[19]也。余曾手钞。翁下世已有年,平生所见,当不止此,录之以见梗概。《嵇中散集》,余昔有明初钞本,即《解题》所载本,多诗文数首,此或即明黄省曾所集之本欤?

莫友芝《郘亭知见传本书目》[20]:《嵇中散集》十卷,魏嵇康撰。 明嘉靖乙酉黄省曾仿宋本,每叶二十二行,行二十字,板心有"南星精舍"四字。 程荣校刻本。 汪士贤本。《百三名家集》本一卷。《乾坤正气集》本。 静持室有顾沅以吴匏庵钞本校于汪本上。

江标《丰顺丁氏持静斋书目》[21]:《嵇中散集》十卷,明汪士贤刊本。康熙间,前辈以吴匏庵手抄本详校,后经藏汪伯子,张燕昌,鲍渌饮,黄荛圃,顾湘舟诸家。

缪荃孙《清学部图书馆善本书目》[22]:《嵇康集》十卷,魏嵇康撰。明吴匏庵丛书堂钞本。格心有"丛书堂"三字,有"陈贞莲书画记"朱方格界格方印。

陆心源《皕宋楼藏书志》[23]:《嵇康集》十卷(旧钞本[24]),晋嵇康撰。(案此下原本全录顾氏记及荛翁三跋,并已见[25]。)余向年知王雨楼表兄家藏《嵇中散集》,乃丛书堂校宋抄本,为藏书家所珍秘。从士礼居转归雨楼。今乙未冬,向雨楼索观,并出副录本见示。互校,稍有讹脱,悉为更正。朱改原字上者,抄人所误。标于上方者,己意所随正也。还书之日,附志于此。道光十五年十一月初九日,妙道人书[26]。

案魏中散大夫《嵇康集》,《隋志》十三卷,注云:梁有十五卷,《录》一卷。新旧《唐志》并作十五卷,疑非其实。《宋志》及晁陈两家并十卷,则所佚又多矣。今世所通行者,惟明刻二本,一为黄省曾校刊本,一为张溥《百三家集》本。张本增多《怀香赋》一首,及原宪等赞六首,而不附赠答论难诸原作。其余大略相同。然脱误并甚,几不可读。昔年曾互勘一过,而稍以《文选》《类聚》诸书参校之,终未尽善。此本从明吴匏庵丛书堂抄宋本过录。其传钞之误,吴君志忠已据钞宋原本校正。今朱笔改者,是也。余以明刊本校之,知明本脱落甚多。《答难养生论》"不殊于榆柳也"下,脱"然松柏之生,各以良殖遂性,若养松于灰壤"三句。《声无哀乐论》"人情以躁静"下,脱"专散为应。譬犹游观于都肆,则目滥而情放。留察于曲度,则思静"二十五字。《明胆论》"夫惟至"下,脱"明能无所惑至胆"七字。《答释难宅无吉凶摄生论》"为卜无所益也"下,脱"若得无恙,为相败于卜,何云成相邪"二句。"未若所不知"下,脱"者众,此较通世之常滞。然智所不知"十四字,及"不可以妄求也"脱"以"字,误"求"为"论",遂至不成文义。其余单辞只句,足以校补误字缺文者,不可条举。书贵旧抄,良有以也。

祁承㸁《澹生堂书目》[27]:《嵇中散集》三册。(十卷,嵇康。)《嵇中散集略》一册。(一卷。)[28]

孙星衍《平津馆鉴藏记》[29]:《嵇中散集》十卷。每卷目录在前。前有嘉靖乙酉黄省曾序,称"校次瑶编,汇为十卷",疑此本为黄氏所定。然考王楙《野客丛书》,已称得毘陵贺方回家所藏缮写十卷本,又诗六十六首。与王楙所见本同。此本即从宋本翻雕。黄氏序文,特夸言之耳。每叶廿二行,行廿字,板心下方有"南星精舍"四字。收藏有"世业堂印"白文方印,"绣翰斋"朱文长方印。

赵琦美《脉望馆书目》:《嵇中散集》二本。[30]

高儒《百川书志》[31]:《嵇中散集》十卷。魏中散大夫谯人嵇康叔夜撰。诗四十七,赋十三,文十五,附四。

* * * *

〔1〕 本篇据手稿编入,当写定于1924年6月之前,后附入鲁迅校本《嵇康集》之末。

〔2〕《崇文总目》 宋仁宗时宫廷藏书目录,王尧臣等奉敕编。原书六十六卷,已佚。清代修《四库全书》时,从《永乐大典》辑得十二卷。

〔3〕 晁公武 字子止,巨野(今属山东)人,南宋目录学家。绍兴进士,官至四川制置使,吏部侍郎。家富藏书。所著《郡斋读书志》,有两种版本:其一称袁州刊本,四卷,又《后志》二卷,淳祐十年(1250)刻于蜀中;其二称衢州刊本,二十卷,淳祐九年(1249)刻于浙西。它是我国第一部附有提要的私家藏书目录。引文见衢州本卷十七,"有丰仪"后脱"土木形骸"四字,"丰"作"风";"师受",袁本作"师授"。

〔4〕 尤袤(1127—1194) 字延之,无锡(今属江苏)人,宋代诗人、目录学家。官至礼部尚书。《遂初堂书目》为其家藏书目,一卷。所载书目皆不录撰人及卷数。

〔5〕 陈振孙(?—约1261) 字伯玉,号直斋,安吉(今属浙江)人,南宋目录学家。淳祐时官至侍郎。下引文字中的"稽山",聚珍版丛书本《直斋书录解题》(卷十六)作"嵇山"。随斋夹注曰:"盖以嵇与稽字体相近,为不忘会稽之意。《文献通考》作'取嵇',恐误。"

〔6〕 马端临(约1254—1323) 字贵与,乐平(今属江西)人,宋末元初史学家。曾任台州儒学教授。按本条括号内注文为鲁迅所加。

〔7〕 杨士奇(1365—1444) 名寓,泰和(今属江西)人,明初文学家。官至大学士。

〔8〕 叶盛(1420—1474) 字与中,昆山(今属江苏)人,明代藏书家。官至吏部侍郎。《菉竹堂书目》为其家藏书目,六卷。

〔9〕 焦竑(1540—1620) 字弱侯,号澹园,江宁(今属江苏南京)人,明代学者。官翰林院修撰。万历间奉诏修国史,仅成《经籍志》六卷。

〔10〕 钱谦益(1582—1664) 字受之,号牧斋,常熟(今属江苏)人,明末文学家。明万历进士,崇祯初任礼部右侍郎,南明弘光时又任礼部尚书。清军占领南京时,他率先迎降。乾隆时将他列入《贰臣传》。著有《初学集》、《有学集》、《开国群雄事略》等。《绛云楼书目》为其家藏书目,四卷。陈景云(1670—1747),字少章,清代吴江(今属江苏)人。诸生。博通群籍。著有《绛云楼书目注》、《读书记闻》等。按本条括号内注文为鲁迅所加。

〔11〕 钱曾(1629—1701) 字遵王,号也是翁,常熟(今属江苏)人,清代藏书家。钱谦益的族孙。《述古堂藏书目》为其家藏书目,四卷。

〔12〕 《四库全书总目》 即《四库全书总目提要》。清代乾隆时编《四库全书》所收入库书三五〇三种、存目书六七九三种的目录提要,二百卷。乾隆第六子永瑢领衔主编,提要为纪昀等撰写。按本条括号内的注文,除"两江总督采进本"一句为原注外,余皆系鲁迅所加;正文据影印本《四库总目》作过校补。又本节所引两处文字,经与聚珍版丛书本《直斋书录解题》及明嘉靖重刻本《野客丛书》校核,尚有异文数处,未改。

〔13〕 《四库简明目录》 《四库全书总目》入库书目提要的摘要本,二十卷。亦由永瑢领衔主编,纪昀等撰写。

〔14〕 朱学勤(1823—1875) 字伯修,仁和(今属浙江杭州)人,

清代藏书家。咸丰进士,官终大理寺卿。《结一庐书目》为其家藏书目,四卷。本条括号内注文是朱氏原注。

〔15〕 洪颐煊(1765—1833) 字旌贤,号筠轩,清代浙江临海人。曾任新兴知县。所著《读书丛录》,二十四卷。

〔16〕 钱泰吉(1791—1863) 字辅宜,号警石,浙江嘉兴人,清代藏书家。曾任海宁州学训导。所著《曝书杂记》,三卷。

〔17〕 梦庐翁 即钱天树,字仲嘉,号梦庐,浙江平湖人。清代藏书家。

〔18〕 张氏爱日精庐 张氏,指张金吾(1787—1829),字慎旃,江苏常熟人,清代藏书家。道光诸生。著有《爱日精庐藏书志》。爱日精庐为其藏书楼名。

〔19〕 随斋批注《书录解题》 《直斋书录解题》正文中有多处夹注,补阙拾遗,颇多裨益。夹注者为元初程棨,字仪甫,号随斋,浙江安吉人。

〔20〕 莫友芝(1811—1871) 字子偲,号邵亭,贵州独山人,清末学者。道光举人,曾入曾国藩幕。所著《邵亭知见传本书目》,十六卷。按此条引文中的"静持室"疑当为"持静室",清末丁日昌藏书室名。

〔21〕 江标(1860—1899) 字建霞,清末元和(今属江苏苏州)人。官翰林院编修。曾重刻《丰顺丁氏持静斋书目》一卷。丁氏,即丁日昌(1823—1882),字雨生,广东丰顺人。清末洋务派人物。历官两淮盐运使、江苏巡抚、福建巡抚等职。在任江苏巡抚期间,曾下令"查禁淫词小说"《红楼梦》《拍案惊奇》《水浒传》等一五六种。其持静斋藏书十万余卷。

〔22〕 缪荃孙(1844—1919) 字筱珊,号艺风,江苏江阴人,清末学者。光绪进士,长期任南菁、钟山等书院讲席。《清学部图书馆善本

书目》,五卷。学部,清末设立的中央主管全国教育的机构。

〔23〕 陆心源(1834—1894) 字刚父,号存斋,归安(今浙江吴兴)人,清末藏书家。咸丰举人,曾官福建盐运使。所著《皕宋楼藏书志》,一二〇卷,《续志》四卷。

〔24〕 旧钞本 三字为《皕宋楼藏书志》原注。

〔25〕 顾氏记 指丛书堂钞本《嵇康集》后的顾广圻跋。顾广圻(1770—1839),字千里,号涧薲,元和(今属江苏苏州)人,清代校勘学家。诸生。著有《思适斋集》。荛翁三跋,指丛书堂钞本《嵇康集》后的三则黄丕烈跋语。黄丕烈(1763—1825),字绍武,号荛圃,又号复翁,吴县(今属江苏苏州)人,清代藏书家。乾隆举人,曾官主事。著有《士礼居藏书题跋》。顾氏记及荛翁三跋皆已附入鲁迅校本《嵇康集》。此条案语系鲁迅所加。

〔26〕 妙道人 即吴志忠,字有堂,别号妙道人,清代吴县(今属江苏苏州)人。以上系《皕宋楼藏书志》所录《嵇康集》钞本的吴志忠跋语。

〔27〕 祁承㸁(1565—1628) 字尔光,山阴(今属浙江绍兴)人,明代藏书家。万历进士,曾任江西右参政。《澹生堂书目》为其家藏书目,十四卷。

〔28〕 "祁承㸁《澹生堂书目》"条上方,手稿原有眉注:"万历癸丑自序"。下条"孙星衍《平津馆鉴藏记》"上方则有眉注:"戊辰序"。

〔29〕 孙星衍(1753—1818) 字渊如,阳湖(今江苏武进)人,清代学者。乾隆进士,曾官山东督粮道。所著《平津馆鉴藏记》,全名《平津馆鉴藏书籍记》,三卷,附《补遗》、《续编》各一卷。正文卷一录宋版书,卷二录明版书,卷三录旧影写本。

〔30〕 赵琦美(1563—1624) 字元度,号清常道人,常熟(今属江

苏)人,明代藏书家。曾官南京刑部郎中。《脉望馆书目》为其家藏书目,四册。赵死后,其书悉归钱谦益绛云楼。按手稿此条原有眉注:"赵书后归绛云楼"。

〔31〕 高儒　字子醇,涿州(今河北涿县)人,明代藏书家。《百川书志》为其家藏书目,二十卷。按下文中的"赋十三"原为"赋三",即《琴赋》(全文),《酒赋》(残存四句),《白首赋》(仅存其目)。

《嵇康集》序[1]

魏中散大夫《嵇康集》,在梁有十五卷,《录》一卷。至隋佚二卷。唐世复出,而失其《录》。宋以来,乃仅存十卷。郑樵《通志》所载卷数,与唐不异者,盖转录旧记,非由目见。王楙已尝辨之矣[2]。至于椠刻,宋元者未尝闻,明则有嘉靖乙酉黄省曾本,汪士贤《二十一名家集》[3]本,皆十卷。在张溥《汉魏六朝百三名家集》中者,合为一卷,张燮所刻者又改为六卷,[4]盖皆从黄本出,而略正其误,并增逸文。张燮本更变乱次第,弥失其旧。惟程荣刻十卷本[5],较多异文,所据似别一本,然大略仍与他本不甚远。清诸家藏书簿所记,又有明吴宽丛书堂钞本,谓源出宋椠,又经鲍庵手校,故虽迻录,校文者亦为珍秘。予幸其书今在京师图书馆,乃亟写得之,更取黄本雠对,知二本根源实同,而互有讹夺。惟此所阙失,得由彼书补正,兼具二长,乃成较胜。旧校亦不知是否真出鲍庵手? 要之盖不止一人。先为墨校,增删最多,且常灭尽原文,至不可辨。所据又仅刻本,并取彼之讹夺,以改旧钞。后又有朱校二次,亦据刻本,凡先所幸免之字,辄复涂改,使悉从同。盖经朱墨三校,而旧钞之长,且泯绝矣。今此校定,则排摈旧校,力存原文。其为浓墨所灭,不得已而从改本者,则曰"字从旧校",以著可疑。义得两通,而旧校辄改从刻本者,则曰"各本作某",以存其异。既以黄省曾,汪士贤,程荣,张溥,张燮五家刻本比勘讫,复取《三国志》注,《晋书》,《世说新语》注,《野客丛书》,胡克家翻宋尤袤本《文选》[6]李善注,及所著《考异》,宋本《文选》六臣注[7],相传唐钞《文选集注》残本[8],《乐府诗集》,《古诗纪》[9],及陈禹谟刻本《北堂书钞》,胡缵宗本《艺文类聚》,锡山安国刻本《初学记》,鲍崇城刻本《太平御览》[10]等所引,著其同异。姚莹所编《乾坤正气集》[11]中,亦有中散文九卷,无所正定,亦不复道。而严可均《全三国文》,孙星衍《续古文苑》[12]所收,则间有勘正之字,因并录存,以备省览。若其集作如此,而刻本已改者,如"愁"为"怨","瘖"为"悟";或刻本较此为长,如"遊"为"游","泰"为"太","慾"为"欲","樽"为"尊","殉"为"徇","飭"为"饰","閑"为"閒","蹔"为"暫","脩"为"修","壹"为"一","途"为"塗","返"为"反","捨"为"舍","弦"为"絃";或此较刻本为长,如"饑"为"飢","陵"为"淩","熟"为"孰","玩"为"翫","災"为"灾";或虽异文而俱得通,如"迺"与"乃","夳"与"斉","强"与"彊","于"与"於","无""毋"与"無"。其数甚众,皆不复著,以省烦累。又审旧钞,原亦不足十卷。其第一卷有阙叶。第二卷佚前,有人以《琴赋》足之。第三卷佚后,有人以《养生论》足之。第九卷当为《难宅无吉凶摄生论》下,而全佚,则分第六卷中之《自然好学论》等二篇为第七卷,改第七第八卷为八九两卷,以为完书。黄,汪,程三家本皆如此,今亦不改。盖较王楙所见之缮写十卷本,卷数无异,而实佚其一卷及两半卷矣。原又有目录在前,然是校后续加,与黄本者相似。今据本文,别造一卷代之,并作《逸文考》、《著录考》各一卷,附于末。恨学识荒陋,疏失盖多,亦第欲存留旧文,得稍流布焉尔。

中华民国十有三年六月十一日会稽。

* * *

〔1〕 本篇据手稿编入。写于1924年6月11日,原无标题、标点。最初收入1938年版《鲁迅全集》第九卷《嵇康集》。

〔2〕 王楙(1151—1213) 字勉夫,宋代长洲(今属江苏苏州)人。未仕,杜门著述。著有《野客丛书》三十卷。关于王楙辨《通志》所载《嵇康集》卷数语,参看本书《〈嵇康集〉著录考》中《四库全书总目》条引文。

〔3〕 汪士贤 明代歙县(今属安徽)人。《二十一名家集》即《汉魏诸名家集》,一二三卷,刊行于明代万历年间,内有《嵇中散集》十卷。

〔4〕 《汉魏六朝百三名家集》 共一一八卷,内有《嵇中散集》一卷。张燮,字绍和,明代龙溪(今福建漳州)人。万历举人。刻有《七十二名家集》,内收《嵇中散集》六卷。

〔5〕 程荣 字伯仁,明代歙县人。刻有《嵇中散集》十卷。

〔6〕 尤袤本《文选》 刊于南宋淳熙八年(1181),是现存《文选》最早的完整刻本。

〔7〕 宋本《文选》六臣注 《文选》除李善注本外,还有唐代开元时吕延济、刘良、张铣、吕向、李周翰合注本,世称"五臣注"。宋人将两本合刻,称《文选六臣注》。

〔8〕 相传唐钞《文选集注》残本 未题集注者名,与六臣注本略有异同。该书将《文选》析为一二〇卷,已残缺。原藏日本金泽文库,罗

65

振玉借得十六卷,于1918年影印,收入《嘉草轩丛书》。

〔9〕 《乐府诗集》 诗歌总集,宋代郭茂倩编,一百卷。辑录汉魏至五代乐府歌辞,兼及先秦至魏末歌谣。《古诗纪》,原名《诗纪》,诗歌总集,明代冯惟讷编,一五六卷。辑录汉代至隋代诗,兼及古逸诗等。

〔10〕 陈禹谟(1548—1618) 字锡玄,明代常熟(今属江苏)人。万历举人,曾任南京国子监学正。所刻《北堂书钞》,一六〇卷,对原本有所窜改。胡缵宗(1480—1560),字可泉,明代秦安(今属甘肃)人。正德进士,官至右副都御使。所刻《艺文类聚》,一百卷,于嘉靖六年(1527)印行。安国(1481—1534),字民泰,明代锡山(今江苏无锡)人。所刻《初学记》,三十卷,于嘉靖十年(1531)印行。鲍崇城,清代歙县(今属安徽)人。所刻《太平御览》,一千卷,于嘉庆十七年(1812)印行。

〔11〕 姚莹(1785—1853) 字石甫,清代安徽桐城人。嘉庆进士,曾任台湾道、湖南按察使。与顾沅等合编《乾坤正气集》二十卷,选录战国屈原以下一〇一人的作品。

〔12〕 《续古文苑》 文总集,二十卷。辑录周代至元代遗文,因旧有《古文苑》一书,故名。

《俟堂专文杂集》题记[1]

曩尝欲著《越中专录》[2],颇锐意蒐集乡邦专甓及拓本,而资力薄劣,俱不易致。以十余年之勤,所得仅古专二十余及枨本少许而已。迁徙以后,忽遭寇劫[3],孑身逭遁,止携大同十一年者一枚[4]出,余悉委盗窟中。日月除矣,意兴亦尽,纂述之事,渺焉何期?聊集燹余,以为永念哉!甲子八月廿三日,宴之敖者[5]手记。

* * *

〔1〕 本篇据手稿编入。写于1924年9月21日,原无标题、标点。

《俟堂专文杂集》,鲁迅所藏古砖拓本的辑集,收汉魏六朝一七〇件,隋二件,唐一件。鲁迅生前编定,但未印行。俟堂,鲁迅早年的别号。

〔2〕 《越中专录》 鲁迅拟编的绍兴地区古砖拓本集。按《俟堂专文杂集》所收不以越中为限。

〔3〕 迁徙以后,忽遭寇劫 当指周作人侵占鲁迅书物一事。鲁迅1923年8月2日日记:由八道湾"迁居砖塔胡同六十一号"。1924年6月11日日记:"下午往八道湾宅取书及什器,比进西厢,启孟及其妻突出骂詈殴打……然终取书、器而出。"启孟,即周作人。

67

〔4〕 大同十一年者一枚　指南朝梁武帝大同十一年(545)的古砖或其拓本。(鲁迅1918年7月14日日记:"拓大同专二分。")

〔5〕 宴之敖者　鲁迅笔名。据许广平《欣慰的纪念》:"先生说:'宴从宀(家),从日,从女;敖从出,从放(《说文》作㪣……);我是被家里的日本女人逐出的。'"按周作人之妻羽太信子为日本人。

《小说旧闻钞》序言[1]

昔尝治理小说,于其史实,有所钩稽。时蒋氏瑞藻《小说考证》[2]已版行,取以检寻,颇获稗助;独惜其并收传奇,未曾理析,校以原本,字句又时有异同。于是凡值涉猎故记,偶得旧闻,足为参证者,辄复别行迻写。历时既久,所积渐多;而二年已前又复废置,纸札丛杂,委之蟫尘。其所以不即焚弃者,盖缘事虽猥琐,究尝用心,取舍两穷,有如鸡肋焉尔。今年之春,有所怅触[3],更发旧稿,杂陈案头。一二小友以为此虽不足以饷名家,或尚非无稗于初学,助之编定,斐然成章,遂亦印行,即为此本。自愧读书不多,疏陋殊甚,空灾楮墨,贻痛评坛。然皆摭自本书,未尝转贩;而通卷俱论小说,如《小浮梅闲话》,《小说丛考》,《石头记索隐》,《红楼梦辨》[4]等,则以本为专著,无烦披拣,冀省篇幅,亦不复采也。凡所录载,本拟力汰複重,以便观览,然有破格,可得而言:在《水浒传》,《聊斋志异》,《阅微草堂笔记》下有複重者,著俗说流传之迹也[5];在《西游记》下有複重者,揭此书不著录于地志之渐也[6];在《源流篇》中有複重者,明札记肊说稗贩之多也[7]。无稽甚者,亦在所删,而独留《消夏闲记》《扬州梦》各一则,则以见悠谬之谈,故书中盖常有,且复至于此耳[8]。翻检之书,别为目录附于末;然亦有未尝通观全部者,如王圻《续文献通考》[9]，实仅阅其《经籍考》而已。

一千九百二十六年八月一日，校讫记。鲁迅。

* * *

〔1〕 本篇最初印入1926年8月北新书局出版的《小说旧闻钞》。

《小说旧闻钞》，鲁迅辑录的小说史料集，初版三十九篇。前三十五篇是关于三十八种旧小说的史料，后四篇是关于小说源流、评刻、禁黜等方面的史料。其中附有鲁迅按语。该书于1935年7月经作者增补，由上海联华书局再版。后收入1938年版《鲁迅全集》第十卷。

〔2〕 蒋瑞藻（1891—1929） 字孟洁，号羼提居士，别号花朝生，浙江诸暨人。所著《小说考证》集录我国元代以来小说、戏曲作者事迹，作品源流及前人评论等资料，1915年由商务印书馆出版。以后又有《拾遗》，《续编》。

〔3〕 今年之春，有所怅触 当指陈源于1926年1月30日《晨报副刊》发表《致志摩》信，暗示鲁迅的《中国小说史略》抄袭日本盐谷温的《支那文学概论讲话》一事。鲁迅在同年2月1日所写的《不是信》（见《华盖集续编》）及其他文章中曾予以驳斥。

〔4〕《小浮梅闲话》 关于小说、戏曲的笔记，清代俞樾著。附于所著《春在堂随笔》之后。《小说丛考》，考证小说、戏曲、弹词的著作，钱静方著。1916年商务印书馆出版。《石头记索隐》，研究《红楼梦》的专书，蔡元培著。1917年商务印书馆出版。《红楼梦辨》，研究《红楼梦》的专书，俞平伯著。1923年上海亚东图书馆出版。

〔5〕《水浒传》 长篇小说，明代施耐庵著。《小说旧闻钞·水浒传》所辑明代王圻《续文献通考》、田汝成《西湖游览志余》的材料中，重见罗贯中因著《水浒》而"子孙三代皆哑"的传说，鲁迅在案语中指

出：王圻之说出于田汝成。《聊斋志异》，文言短篇小说集，清代蒲松龄著。《小说旧闻钞·聊斋志异》所辑清代陆以湉《冷庐杂识》、倪鸿《桐阴清话》、邹弢《三借庐笔谈》和近人易宗夔《新世说》的材料中，重见王渔洋欲以重金购《聊斋志异》稿的传说；又《三借庐笔谈》、《新世说》的材料中，重见蒲松龄强执路人使说异闻的传说。《阅微草堂笔记》，笔记小说集，清代纪昀著。《小说旧闻钞·阅微草堂笔记》所辑清代李元度《国朝先正事略》、易宗夔《新世说》的材料中，重见将《阅微草堂笔记》五种误为七种的记载，鲁迅在案语中说：易宗夔乃"承李元度《先正事略》之误"。

〔6〕 《西游记》 长篇小说，明代吴承恩著。《小说旧闻钞·西游记》并录明代《天启淮安府志》、清代《同治山阳县志》关于吴承恩生平、著作的材料，后者未载《西游记》。鲁迅在案语中说："《西游记》不著于录自此始。"

〔7〕 《源流篇》 本篇所辑明代郎瑛《七修类稿》、清代梁绍壬《两般秋雨盦随笔》、梁章钜《归田琐记》等材料中，重见关于小说起源于宋仁宗"日欲进一奇怪之事以娱之"的说法。鲁迅在案语中指出，小说"非因进讲宫中而起也，郎瑛说非，二梁更承其误"。

〔8〕 《消夏闲记》 即《消夏闲记摘抄》，笔记集，清代顾公燮著，三卷。《小说旧闻钞·金瓶梅》录其关于王世贞为报父仇而撰《金瓶梅》的传说一则。《扬州梦》，笔记集，清代焦东周生著，四卷。《小说旧闻钞·西游记》录其关于齐天大圣本系渔人之子，宋高宗时为大将军的传说一则。

〔9〕 王圻 字元翰，明代上海人，嘉靖进士。曾任御史、陕西布政参议，后归隐，专心著述。《续文献通考》，二五四卷，分三十门。续马端临《文献通考》而作，记载南宋嘉定年间至明代万历初年的典章制度沿革。《经籍考》为其中一门，共五十八卷。

《嵇康集》考[1]

　　自汉至隋时人别集,《隋书》《经籍志》著录四百三十五部四千三百七十七卷,合以梁所曾有,得八百八十四部八千一百二十一卷。[2]然在今,则虽宋人重辑之本,已不多觏。若其编次有法,赠答具存,可略见原来矩度者,惟魏嵇、阮,晋二陆,陶潜、宋鲍照、齐谢朓、梁江淹[3]而已。尝写得明吴匏庵丛书堂本《嵇康集》,颇胜众本,深惧湮昧,因稍加校雠,并考其历来卷数名称之异同及逸文然否,以备省览云。

一　考卷数及名称

　　《隋书》《经籍志》:魏中散大夫《嵇康集》十三卷。(原注:梁十五卷,《录》一卷。)

　　《唐书》《经籍志》:《嵇康集》十五卷。

　　《新唐书》《艺文志》:《嵇康集》十五卷。

　　　　　案:康集最初盖十五卷,《录》一卷。隋缺二卷,
　　　　　及《录》。至唐复完,而失其《录》。其名皆曰《嵇康
　　　　　集》。

　　郑樵《通志》《艺文略》:魏中散大夫《嵇康集》十五卷。

　　《崇文总目》:《嵇康集》十卷。

晁公武《郡斋读书志》:《嵇康集》十卷。右魏嵇康叔夜也,谯国人。康美词气,有丰仪,不事藻饰。学不师受,博览该通。长好老庄,属文玄远。以魏宗室婚,拜中散大夫。景元初,钟会谮于晋文帝,遇害。

尤袤《遂初堂书目》:《嵇康集》。

陈振孙《直斋书录解题》:《嵇中散集》十卷。魏中散大夫谯嵇康叔夜撰。本姓奚,自会稽徙谯之铚县嵇山,家其侧,遂氏焉,取"稽"字之上,志其本也。所著文论六七万言,今存于世者仅如此。《唐志》犹有十五卷。

《宋史》《艺文志》:《嵇康集》十卷。

马端临《文献通考》《经籍考》:《嵇康集》十卷。……

案:至宋,仅存十卷,其名仍曰《嵇康集》。《通志》作十五卷者,录《唐志》旧文。《书录解题》称《嵇中散集》者,陈氏书久佚,清人从《永乐大典》辑出,因用后来所称之名,原书盖不如此。

宋时《嵇康集》大概,见王楙《野客丛书》(卷八),其文云:"《嵇康传》曰,康喜谈名理,能属文,撰《高士传赞》,作《太师箴》,《声无哀乐论》。余得毘陵贺方回家所藏缮写《嵇康集》十卷,有诗六十八首,今《文选》所载才三数首。《选》惟载康《与山巨源绝交书》一首,不知又有《与吕长悌绝交》一书。《选》惟载《养生论》一篇,不知又有《与向子期论养生难答》一篇,四千余言,辩论甚悉。集又有《宅无吉凶摄生论难》上中下三篇,《难张辽□自然好学论》一首,《管蔡论》,《释私论》,《明胆论》等文。其词旨玄远,率根于理,读之可想见当时之风致。《崇文总目》谓《嵇康集》十卷,正此本尔。唐《艺文志》谓《嵇康集》十五卷,不知五卷谓何?"

杨士奇《文渊阁书目》:《嵇康文集》。(原注:一部,一册。阙。)

叶盛《菉竹堂书目》:《嵇康文集》一册。

焦竑《国史》《经籍志》:《嵇康集》十五卷。

高儒《百川书志》:《嵇中散集》十卷。魏中散大夫谯人嵇康叔夜撰。诗四十七,赋十(按此字衍)三,文十五,附四。

祁承㸁《澹生堂书目》:《嵇中散集》三册。(原注:十卷,嵇康。)《嵇中散集略》一册。(原注:一卷。)

　　案:明有二本。一曰《嵇康文集》,卷数未详。一曰《嵇中散集》,仍十卷。十五卷本宋时已不全,焦竑所录,盖仍袭《唐志》旧文,不足信。

钱谦益《绛云楼书目》:《嵇中散集》二册。(陈景云注:十卷。黄刻,佳。)

钱曾《述古堂藏书目》:《嵇中散集》十卷。

《四库全书总目》:《嵇中散集》十卷。……

　　案:至清,皆称《嵇中散集》,仍十卷。其称《嵇康文集》者,无闻。

孙星衍《平津馆鉴藏记》:《嵇中散集》十卷。每卷目录在前。前有嘉靖乙酉黄省曾序,称"校次瑶编,汇为十卷",疑此本为黄氏所定。然……与王楘所见本同。此本即从宋本翻雕。黄氏序文,特夸言之耳。……

洪颐煊《读书丛录》:《嵇中散集》十卷。每卷目录在前。前有嘉靖乙酉黄省曾序。《三国志》《邴原传》裴松之注:"张貔父邈,字叔辽,《自然好学论》在《嵇康集》。"今本亦有此篇。又诗六十六首,与王楙《野客丛书》本同。是从宋本翻雕。……

朱学勤《结一庐书目》:《嵇中散集》十卷。(原注:计一本。魏嵇康撰。明嘉靖四年,黄氏仿宋刊本。)

  案:明刻《嵇中散集》,有黄省曾本,汪士贤本,程荣本,又有张燮《七十二家集》本,张溥《一百三家集》本。黄刻最先,清藏书家皆以为出于宋本,最善。

陆心源《皕宋楼藏书志》:《嵇康集》十卷。(原注:旧抄本。)晋嵇康撰。……今世所通行者,惟明刻二本,一为黄省曾校刊本,一为张溥《百三家集》本。……然脱误并甚,几不可读。……此本从明吴鲍庵丛书堂抄宋本过录。……余以明刊本校之,知明本脱落甚多。……书贵旧抄,良有以也。

江标《丰顺丁氏持静斋书目》:《嵇中散集》十卷。明汪士贤刊本。康熙间,前辈以吴鲍庵手抄本详校。

缪荃孙《清学部图书馆善本书目》:《嵇康集》十卷,魏嵇康撰。明吴鲍庵丛书堂抄本。格心有"丛书堂"三字。……

  案:黄省曾本而外,佳本今仅存丛书堂写本。不特佳字甚多,可补刻本脱误,曰《嵇康集》,亦合唐宋旧称,盖最不失原来体式者。其本今藏京师图书馆,抄手甚拙,江标云匏庵手抄,不确。

二　考目录及阙失

抄本与刻本文字之异,别为校记[4]。今但取抄本篇目,以黄省曾本比较之,著其违异,并以概众家刻本,因众本大抵从黄刻本出也。有原本残缺之迹,为刻本所弥缝,今得推见者,并著之。

第一卷。五言古意一首。四言十八首赠兄秀才入军。

案:刻本以《五言古意》为赠秀才诗[5],是也。《艺文类聚》卷九十引首六句,亦作"嵇叔夜赠秀才诗"。

秀才答四首[6]。幽愤诗一首[7]。述志诗二首。游仙诗一首。[8]六言诗十首[9]。重作六言诗十首代秋胡歌诗七首[10]。

案:刻本作《重作四言诗》七首,注云:"一作《秋胡行》。"此所改甚谬。盖六言诗亡三首,《代秋胡行》则仅存篇题,不得云"一作"。

思亲诗一首[11]。诗三首,郭遐周赠[12]。诗五首,郭遐叔赠。五言诗三首,答二郭[13]。五言诗一首,与阮德如[14]。□□□[15]。

案:一篇失题。刻本作《酒会诗》七首之一。

四言诗。

案:十一首。刻本以前六首为《酒会诗》,无后五首。[16]

五言诗[17]。

  案：三首。刻本无。

  又案：抄本多《四言诗》五首，《五言诗》三首。《重作六言诗》两本皆缺三首。《代秋胡歌诗》七首并亡。《秀才答诗》"南厉伊渚，北登邙丘，青林华茂"后有缺文，下之"青鸟群嬉，感寤长怀，能不永思"云云，乃别一篇，刻本辄衔接之，遂莫辨。

第二卷。琴赋[18]。与山巨源绝交书。与吕长悌绝交书[19]。

  案：此卷似原缺上半，因从《文选》录《琴赋》以足之。刻本并据《选》以改《与山巨源绝交书》，抄本未改，故字句与今本《文选》多异，与罗氏景印之残本《文选集注》多合。

第三卷。卜疑[20]。嵇荀录（亡）。养生论[21]。

  案：此卷似原缺后半。《嵇荀录》仅存篇题，后人因从《文选》抄《养生论》以足之。

第四卷。黄门郎向子期难养生论[22]。

  案：康答文在内。刻本析为两篇，别题曰《答难养生论》。然宋本盖不分，故王楙云"又有《与向子期论养生难答》一篇，四千余言。"唐本亦不分，故《文选》江文通《杂体诗》李善注引"养生有五难"等十一句[23]，是嵇康语，而云《向秀难嵇康养生论》也。

77

又案:《隋书》《经籍志》道家:梁有《养生论》三卷,嵇康撰。是《养生论》不止两篇,今仅存此数尔。

第五卷。声无哀乐论[24]。

第六卷。释私论。管蔡论。明胆论。[25]

第七卷。自然好学论,张叔辽作。难自然好学论。[26]

案:刻本作张辽叔《自然好学论》。

又案:第六第七似本一卷,后人所分,故篇叶特少。

第八卷。宅无吉凶摄生论。(原注:难上。)难摄生中。[27]

案:刻本第一篇无注,第二篇作《难宅无吉凶摄生论》。

第九卷。释难宅无吉凶摄生论。(原注:难中。)答释难曰。

案:刻本第一篇无注,第二篇作《答释难宅无吉凶摄生论》。

又案:王楙云"集又有《宅无吉凶摄生论难》上中下三篇",似今本缺其一,然或指难上,难摄生中,难下[28]及答释难为上中下,未可知也。《隋书》《经籍志》道家有《摄生论》二卷,晋河内太守阮侃撰,疑即此与康论难之文。

第十卷。太师箴。家诫[29]。

案:以卷止两篇,不足二千言,疑有散佚。

又案:今本《嵇康集》虽亦十卷,与宋时者合,然

第二卷缺前，第三卷缺后，第十卷亦不完，第六第七本一卷，实只残缺者三卷，具足者六卷而已。

三　考逸文然否

嵇康《游仙诗》云：翩翩凤辖，逢此网罗。(《太平广记》四百引《续齐谐记》引。)

嵇康有《白首赋》。(《文选》谢惠连《秋怀诗》李善注。)

嵇康《怀香赋序》曰：余以太簇之月，登于历山之阳，仰眺崇冈，俯察幽坂。乃觏怀香，生蒙楚之间。曾见斯草，植于广厦之庭，或被帝王之囿，怪其遐弃，遂迁而树之中唐。华丽则殊采阿那，芳实则可以藏书。又感其弃本高崖，委身阶廷，似傅说显殷，四叟归汉，故因事义赋之。(《艺文类聚》八十一。)

案：《太平御览》九百八十三引嵇含《槐香赋》，文与此同，《类聚》以为康作，非也。张溥本存其目，严可均辑《全三国文》，据《类聚》录之，并误。

嵇康《酒赋》云：重酎至清，渊凝冰洁，滋液兼备，芬芳□□。(《北堂书钞》一百四十八。)

案：同卷又引嵇含《酒赋》云："浮蝾萍连，醪华鳞设。"则上四句殆亦嵇含之文。

嵇康《蚕赋》曰：食桑而吐丝，先乱而后治。(《太平御览》八百十四。)

嵇康《琴赞》云：懿吾雅器，载璞灵山。体具德真，清和自然。澡以春雪，澹若洞泉。温乎其仁，玉润外鲜。昔在黄农，神物以臻。穆穆重华,记以五弦。闲邪纳正,亹亹其仙。宣和养气,介乃遐年。(《北堂书钞》一百九。)

  案:亦见《初学记》十六。"记以"作"託心","养气"作"养素"。

嵇康《太师箴》曰:若会酒坐,见人争语,其形势似欲转盛,便当舍去,此斗之兆也。(《太平御览》四百九十六。)

  案:此《家诫》中语,见本集卷十,《御览》误题篇名。严可均辑《全三国文》,注云:"此疑是序,未敢定之。"甚谬。

嵇康《灯铭》:肃肃宵征,造我友庐,光灯吐耀,华缦长舒。

  案:见严可均《全三国文》,不著所出。实《杂诗》也,见本集卷一,亦见《文选》。

《嵇康集目录》曰:孙登者,字公和。不知何许人。无家属,于汲县北山土窟中得之。夏则编草为裳,冬则披发自覆。好读《易》,鼓一弦琴,见者皆亲乐之。每所止家,辄给其衣服饮食,得无辞让。(《三国魏志》《王粲传》注。)〔30〕

  案:《世说新语》《栖逸》篇注,《太平御览》二十七,又九百九十九亦引,作《嵇康集序》。

《嵇康文集录》注曰:河内山嵚,守颍川,山公族父。(《文选》嵇叔夜《与山巨源绝交书》李善注。)

《嵇康文集录》注曰:阿都,吕仲悌,东平人也。(同上。)

  案:康文长于言理,藻艳盖非所措意,唐宋类书,因亦尠予征引。今并目录仅得十一条,去其误者,才存七条。《水经》《汝水篇》注引嵇康赞襄城小童[31],《世说》《品藻篇》注引《井丹赞》,《司马相如赞》[32]。《初学记》十七引《原宪赞》[33]。《太平御览》五十六引《许由赞》[34]。皆出康所著《圣贤高士传赞》[35],本别自为书,不当在集中。张燮本有之,非也,今不录。

一九二六,一一,一四。

* * * *

〔1〕 本篇据手稿编入,原无标点。

〔2〕《隋书》《经籍志》著录别集数为:"四百三十七部,四千三百八十一卷。(通计亡书,合八百八十六部,八千一百二十六卷。)"

〔3〕 嵇,阮 指嵇康、阮籍。阮籍(210—263),字嗣宗,陈留尉氏(今属河南)人,三国魏末诗人。《隋书·经籍志》著录《阮籍集》十卷。二陆,指陆机、陆云兄弟。陆云(262—303),字士龙,西晋文学家。《隋志》著录《陆机集》十四卷,《陆云集》十二卷。陶潜(约372—427),又名渊明,字元亮,浔阳柴桑(今江西九江)人,东晋诗人。《隋志》著录《陶潜集》九卷。鲍照(约414—466),字明远,东海(今江苏涟水)人,南朝宋文学家。《隋志》著录《鲍照集》十卷。谢朓(464—499),字玄晖,陈郡阳夏(今河南太康)人,南朝齐诗人。《隋志》著录《谢朓集》十二卷,又《谢朓逸集》一卷。江淹(444—505),字文通,考城(今河南兰考)人,南朝梁文学家。《隋志》著录《江淹集》九卷,又《江淹后集》十卷。

〔4〕 别为校记 指鲁迅校本《嵇康集》中所加的校勘记。

〔5〕 刻本以《五言古意》为赠秀才诗 丛书堂本的《五言古意一首》和《四言十八首赠兄秀才入军诗》,黄省曾刻本合为一题,作《兄秀才公穆入军赠诗十九首》。秀才,指嵇康之兄嵇喜。《文选》卷二十四李

81

善注引刘义庆《集林》:"嵇喜字公穆,举秀才。"

〔6〕 秀才答四首　《嵇康集》中附录的嵇喜答嵇康诗。

〔7〕 幽愤诗一首　四言古诗。嵇康因吕安案牵连下狱,在狱中作此诗以抒悲愤。

〔8〕 述志诗二首,游仙诗一首　都是抒写隐逸思想、不满现实的五言古诗。

〔9〕 六言诗十首　称颂清静无为的政治和古代隐者的组诗。

〔10〕 重作六言诗十首代秋胡歌诗七首　此题下现录四言乐府体诗七首。代秋胡歌诗,即《拟秋胡歌》。汉乐府有《秋胡行》,咏秋胡故事(见《西京杂记》及《列女传》)。后来,凡依此曲写诗,虽与秋胡故事无关,亦称《秋胡行》或《秋胡歌》。鲁迅在案语中认为现存七首系《重作六言诗十首》的残篇,而《代秋胡行》已佚。但他在校本《嵇康集》该诗题下的校勘记中又说:"案《六言诗十首》盖已逸,仅存其题;今所有者《代秋胡行》也。"按似以后说为是。曹操有《秋胡行》,每首起二句皆为重言;《嵇康集》其他各本及宋人所编《乐府诗集》中,嵇康这七首诗的起二句亦各为重言。

〔11〕 思亲诗一首　思念亡母亡兄的楚辞体古诗。按嵇喜亡于嵇康之后。或嵇康别有一兄早逝。

〔12〕 诗三首,郭遐周赠　这三首和下五首,都是附录的二郭赠嵇康的诗。前三首为五言古诗;后五首中四言四首,五言一首。二郭生平未详。

〔13〕 五言诗三首,答二郭　嵇康答郭遐周、郭遐叔诗。

〔14〕 五言诗一首,与阮德如　阮德如,名侃,尉氏(今属河南)人。官至河内太守。按此诗之后附有阮德如答诗二首,亦为五言。

〔15〕 这里标作"□□□"的五言诗一首,鲁迅校本《嵇康集》题作

《酒会诗》。黄刻本则将其与以下四言诗中的前六首合为一组,题为《酒会诗七首》。

〔16〕 关于《四言诗》十一首,黄刻本将第十一首单列,题为《杂诗一首》,其余四首则未录。因此案语中的"无后五首"当是无第七至第十首;下文"又案"中的"抄本多《四言诗》五首",当为多四首。

〔17〕 五言诗 三首感慨人生,追求解脱的诗。

〔18〕 琴赋 描绘古琴形制、性能,阐述音乐理论的文章。文前有序。

〔19〕 与吕长悌绝交书 吕长悌,名巽,东平(今属山东)人。其弟安,字仲悌,小名阿都,嵇康好友。吕巽逼奸吕安妻,又诬安不孝,陷之入狱,嵇康因而写信与吕巽绝交。

〔20〕 卜疑 此文假托宏达先生向太史贞父问卜,抒写作者不与世俗同流合污的思想。

〔21〕 养生论 此文论养生的道理和方法,表现了道家与神仙家的思想。

〔22〕 黄门郎向子期难养生论 向秀、嵇康二人辩论养生问题的文章。向秀(约227—272),字子期,河内怀(今河南武陟)人,官黄门侍郎。嵇康之友,"竹林七贤"之一。

〔23〕 "养生有五难"等十一句 《文选》卷三十一江淹(文通)《杂体诗三十首·许征君》李善注:"《向秀难嵇康养生论》曰,养生有五难:名利不减,此一难;喜怒不除,此二难;声色不去,此三难;滋味不绝,此四难;神虚消散,此五难。"按各本《嵇康集》中,这十一句皆在题作嵇康的《答难养生论》篇末;而李善引作向秀的话,可知唐代旧本向秀难文与嵇康答文连写不分。

〔24〕 声无哀乐论 有关乐理的论文,认为乐声本身只有"善恶"

之分而无"哀乐"之别,"哀乐"是听者的感情作用。

〔25〕 释私论 此文认为只有去私寡欲,才能"越名教而任自然"。管蔡论,周武王灭殷后,派他的兄弟管叔、蔡叔去监视殷纣王之子武庚。武王死后,成王继位,周公旦主政,管、蔡助武庚叛周,世论以为"凶逆"。嵇康此文认为管、蔡之助武庚,是因怀疑周公将有异谋。明胆论,此文认为明辨事理和有胆量是两回事,很难"相生"。

〔26〕 自然好学论 《嵇康集》附录的文章,认为人之好学,出于自然的本性。作者张邈,字叔辽(刻本作辽叔),晋代巨鹿(今属河北)人。曾官辽东、阳城太守。难自然好学论,嵇康反驳张邈的文章,认为人之好学出于追求"荣利",而非本性使然。

〔27〕 宅无吉凶摄生论 此篇及第九卷中的《释难宅无吉凶摄生论》皆为《嵇康集》附录的文章,阮德如(一说张邈)作,认为住宅无所谓凶吉,长寿在于善养生。难摄生中,此篇及第九卷中的《答释难曰》皆为嵇康驳文,认为宅有吉凶,得宜则吉,不宜则凶。

〔28〕 难下 鲁迅在《〈嵇康集〉序》中说:"第九卷当为《难宅无吉凶摄生论下》,而全佚。"故"难下"疑为"难中"之误。

〔29〕 家诫 嵇康教戒其子的文章。

〔30〕 经核《三国志·魏书·王粲传》南朝宋裴松之注,"孙登者"原作"登","披发"原作"被发","鼓一弦琴"原作"鼓琴","衣服饮食"原作"衣服食饮"。按孙登,字公和,魏末晋初汲郡共(在今河南辉县)人。隐居郡北山。嵇康曾从游三年。后不知所终。

〔31〕 《水经》 记述我国古代水道的地理著作,相传汉代桑钦撰;北魏郦道元为之作注,增补大量资料,成《水经注》四十卷。襄城小童,传说是黄帝时的一个有智慧的儿童,曾向黄帝陈说治天下之道。

〔32〕 井丹 字太春,扶风郿(今陕西眉县)人,东汉隐者。司马

相如(前179—前117),字长卿,蜀郡成都(今属四川)人,西汉文学家。

〔33〕 原宪　字子思,春秋时鲁国人,孔丘门徒。《初学记》卷十七引有关于他的赞语,原称"西晋嵇康《原宪赞》"。

〔34〕 许由　传说是尧、舜时的隐者。《太平御览》卷五十六引有关于他的赞语,原称"嵇康《圣贤高士传赞》"。

〔35〕 《圣贤高士传赞》　原书已佚,有清代马国翰、严可均辑本。《三国志·魏书·王粲传》裴松之注引嵇喜《嵇康传》:"(康)撰录上古以来圣贤隐逸遁心遗名者,集为传赞……凡百一十有九人。"《隋书》《经籍志》著录:"《圣贤高士传赞》,三卷,嵇康撰,周续之注。"新、旧《唐志》误以《赞》属周续之。按此书系《嵇康集》外的独立著作,而张燮误将其《原宪赞》、《黄帝游襄城赞》(即《襄城小童》)收入所刊《嵇中散集》中。

《唐宋传奇集》序例[1]

东越胡应麟在明代,博涉四部,尝云:"凡变异之谈,盛于六朝,然多是传录舛讹,未必尽幻设语。至唐人,乃作意好奇,假小说以寄笔端。如《毛颖》《南柯》之类尚可,若《东阳夜怪》称成自虚,《玄怪录》元无有,皆但可付之一笑,其文气亦卑下亡足论。宋人所记,乃多有近实者,而文彩无足观。"[2]其言盖几是也。厣于诗赋,旁求新塗,藻思横流,小说斯灿。而后贤秉正,视同土沙,仅赖《太平广记》等之所包容,得存什一。顾复缘贾人贸利,撮拾彫镂,如《说海》,如《古今逸史》,如《五朝小说》[3],如《龙威秘书》[4],如《唐人说荟》,如《艺苑捃华》[5],为欲总目烂然,见者眩惑,往往妄制篇目,改题撰人,晋唐稗传,黥劓几尽。夫蚁子惜鼻,固犹香象,嫫母护面,讵逊毛嫱[6],则彼虽小说,夙称卑卑不足厕九流之列者乎,而换头削足,仍亦骇心之厄也。昔尝病之,发意匡正。先辑自汉至隋小说,为《钩沈》五部讫[7];渐复录唐宋传奇之作,将欲汇为一编,较之通行本子,稍足凭信。而屡更颠沛,不遑理董,委诸行簏,分饱蟫蠹而已。今夏失业,幽居南中[8],偶见郑振铎君所编《中国短篇小说集》,埽荡烟埃,斥伪返本,积年堙郁,一旦霍然。惜《夜怪录》尚题王洙,《灵应传》未删于逖[9],盖于故旧,犹存眷恋。继复读大兴徐松《登科记考》[10],积微成昭,钩稽渊密,而于李徵及第,乃引李景亮《人虎传》作证[11]。此明人妄署,非景亮文。弥叹虽短书俚说,一遭篡乱,固贻害于谈文,亦飞灾于考史也。顿忆旧稿,发箧谛观,黯澹有加,渝敝则未。乃略依时代次第,循览一周。谅哉,王度《古镜》,犹有六朝志怪余风,而大增华艳。千里《杨倡》,柳珵《上清》,遂极庳弱,与诗运同。宋好劝惩,摭实而泥,飞动之致,眇不可期,传奇命脉,至斯以绝。惟自大历以至大中中,作者云蒸,郁术文苑,沈既济许尧佐擢秀于前,蒋防元稹振采于后,而李公佐白行简陈鸿沈亚之辈,则其卓异也。特《夜怪》一录,显托空无,逮今允成陈言,在唐实犹新意,胡君顾贬之至此,窃未能同耳。自审所录,虽无秘文,而曩曾用心,仍自珍惜。复念近数年中,能恳恳顾及唐宋传奇者,当不多有。持此涓滴,注彼说渊,献我同流,比之芹子[12],或亦将稍减其考索之劳,而得觑绎之乐耶。于是杜门摊书,重加勘定,匝月始就,凡八卷,可校印。结愿知幸,方欣已欷。顾旧乡而不行,弄飞光于有尽,嗟夫,此亦岂所以善吾生,然而不得已也。犹有杂例,并缀左方:

一,本集所取资者,为明刊本《文苑英华》;清黄晟[13]刊本《太平广记》,校以明许自昌[14]刻本;涵芬楼影印宋本《资治通鉴考异》;董康刻士礼居本《青琐高议》,校以明张梦锡刊本及旧钞本;明翻宋本《百川学海》;明钞本原本《说郛》;明顾元庆刊本《文房小说》;清胡珽排印本《琳琅秘室丛书》等。

一,本集所取,专在单篇。若一书中之一篇,则虽事极煊赫,或本书已亡,亦不收采。如袁郊《甘泽谣》之《红线》[15],

李復言《续玄怪录》之《杜子春》[16]，裴铏《传奇》之《昆仑奴》《聂隐娘》[17]等是也。皇甫枚《飞烟传》，虽亦是《三水小牍》逸文，然《太平广记》引则不云出于何书，似曾单行，故仍入录。

一，本集所取，唐文从宽，宋制则颇加决择。凡明清人所辑丛刊，有妄作者，辄加审正，黜其伪欺，非敢刊落，以求信也。日本有《游仙窟》，为唐张文成作[18]，本当置《白猿传》之次，以章矛尘君[19]方图版行，故不编入。

一，本集所取文章，有複见于不同之书，或不同之本，得以互校者，则互校之。字句有异，惟从其是。亦不历举某字某本作某，以省纷烦。倘读者更欲详知，则卷末具记某篇出于何书何卷，自可覆检原书，得其究竟。

一，向来涉猎杂书，遇有关于唐宋传奇，足资参证者，时亦写取，以备遗忘。比因奔驰，颇复散失。客中又不易得书，殊无可作。今但会集丛残，稍益以近来所见，并为一卷，缀之末简，聊存旧闻。

一，唐人传奇，大为金元以来曲家所取资，耳目所及，亦举一二。第于词曲之事，素未用心，转贩故书，谅多讹略，精研博考，以俟专家。

一，本集篇卷无多，而成就颇亦匪易。先经许广平君[20]为之选录，最多者《太平广记》中文。惟所据仅黄晟本，甚虑讹误。去年由魏建功君[21]校以北京大学图书馆所藏明长洲许自昌刊本，乃始释然。逮今缀缉杂札，拟置卷末，而旧稿潦草，复多沮疑，蒋径三君[22]为致书籍十余种，俾得检寻，遂以就绪。至陶元庆君[23]所作书衣,则已贻我于年余之前者矣。广赖众力,才成此编,谨藉空言,普铭高谊云尔。

中华民国十有六年九月十日,鲁迅校毕题记。时大夜弥天,璧月澄照,饕蚊遥叹,余在广州。

* * *

〔1〕 本篇最初发表于1927年10月16日上海《北新周刊》第五十一、五十二期合刊,后印入1927年12月北新书局出版的《唐宋传奇集》上册。

〔2〕 胡应麟评论唐宋传奇文的话,见《少室山房笔丛》卷三十六(《二酉缀遗(中)》)。

〔3〕《五朝小说》 小说总集,明代桃源居士编。收小说四八〇种,分"魏晋小说"、"唐人小说"、"宋元小说"、"明人小说"四部分。

〔4〕《龙威秘书》 丛书,清代马俊良辑。共十集,一七七种。每集标有类名,如"汉魏丛书采珍"、"古今诗话集隽"、"晋唐小说畅观"等,内容庞杂,分类混乱。

〔5〕《艺苑捃华》 丛书,清代顾氏刊印。收"秘书"四十八种,实为书贾从《龙威秘书》等丛书中随意抽取、杂凑而成,内有小说三十余种。

〔6〕香象 佛家语。后秦鸠摩罗什译《维摩诘经》中有"香象菩萨",注云:"青香象也,身出香风。"嫫母,传说为黄帝之妃,《路史后纪·黄帝》:"次妃嫫母,貌恶德充。"毛嫱,传说中的美女,《庄子·齐物论》:"毛嫱丽姬,人之所美也。"

〔7〕《钩沈》五部 作者所辑录的《古小说钩沉》,包括五类材料:一、见于《汉书·艺文志·小说家》著录者;二、见于《隋书·经籍

志·小说家》著录者;三、见于《新唐书·艺文志·小说家》著录者;四、见于上述三志"小说家"之外著录者;五、不见于史志著录者。

〔8〕 今夏失业,幽居南中　作者于1927年4月21日辞去中山大学文学系主任兼教务主任职务,居住广州东堤白云楼。

〔9〕 《夜怪录》尚题王洙,《灵应传》未删于逖　郑振铎《中国短篇小说集》沿《唐人说荟》之误,题《东阳夜怪录》作者为王洙、《灵应传》作者为于逖。

〔10〕 徐松(1781—1848)　字星伯,清代大兴(今属北京)人,嘉庆进士。曾官湖南学政、内阁中书。著有《唐两京城坊考》、《登科记考》等书。《登科记考》,汇集散见于史志、会要、类书、总集等的有关材料,编次唐至五代各科进士的姓名、简历及有关科举的文献,共三十卷。

〔11〕 李徵及第　徐松《登科记考》卷九引李景亮《人虎传》:"陇西李徵,皇族子,家于虢略,弱冠从州府贡焉。天宝十五载春,于尚书右丞杨元榜下登进士第,后数年补调江南尉,后化为虎。"按李徵化虎事,见《太平广记》卷四二七引唐代张读《宣室志》,题为《李徵》。明代陆楫等编《古今说海》,改题为《人虎传》,撰人署李景亮。徐松沿误。李景亮,传奇《李章武传》的作者,参看《稗边小缀》第二分。

〔12〕 芹子　自谦所献菲薄的意思。《列子·杨朱》:"昔人有美戎菽甘枲茎芹萍子者,对乡豪称之。乡豪取而尝之,蜇于口,惨于腹。众哂而怨之,其人大惭。"

〔13〕 黄晟(1663—1710)　字香泾,清代江苏苏州人,乾隆间举人。乾隆十八年(1752)刊行《太平广记》。

〔14〕 许自昌　字玄祐,明代苏州吴县(今属江苏苏州)人,戏曲作家。曾任文华殿中书,后乞归。著有《水浒记》、《橘浦记》等传奇剧本。嘉靖间校刻《太平广记》大字本。

〔15〕 袁郊　字之仪（一作之乾），唐代蔡州朗山（今河南汝南）人。懿宗时曾官虢州刺史。《甘泽谣》，传奇集，成于咸通间。原书已佚，今本一卷，系明人从《太平广记》辑出。《红线》，写潞州节度使薛嵩的女奴红线夜盗魏博节度使田承嗣枕边金盒，以示警告，使田打消了吞并潞州的野心。

〔16〕 《杜子春》　传奇篇名，写杜子春学仙，喜怒哀惧恶欲皆忘而亲子之爱未尽，终于不成。见《太平广记》卷十六引李復言《续玄怪录》。

〔17〕 裴铏　唐末人，僖宗乾符间官至成都节度副使。《传奇》，三卷，已佚，《太平广记》引有多篇。《昆仑奴》、《聂隐娘》为其中的两篇，前者写昆仑奴磨勒助主人崔生与某勋臣侍女红绡结合的故事；后者写聂隐娘从一女尼学得异术，帮助陈许节度使刘昌裔破除妖术的故事。

〔18〕 《游仙窟》　传奇篇名，唐代张鷟著。自叙出使途中投宿于一大宅，受二女子款待，饮酒作诗，相与调笑的故事。主要以骈体写成。此书于唐代传入日本，国内失传已久，至清末复从日本输入。张文成（约660—约730），名鷟，唐代深州陆泽（今河北深州）人。高宗调露初（679）进士，官至司门员外郎。还著有《朝野佥载》、《龙筋凤髓判》等。

〔19〕 章矛尘（1901—1981）　名廷谦，笔名川岛，浙江上虞人。北京大学哲学系毕业，当时在厦门大学任教。他所标点的《游仙窟》于1929年2月由北新书局出版。

〔20〕 许广平（1898—1968）　广东番禺人。北京女子师范大学国文系毕业，鲁迅的夫人。

〔21〕 魏建功（1901—1980）　字天行，江苏海安人，语言文字学家。北京大学国文系毕业，曾任北京大学教授、北大《国学季刊》编辑委员会主任。

〔22〕 蒋径三(1899—1936) 浙江临海人。浙江优级师范学校毕业,当时任中山大学图书馆馆员兼语言历史研究所助理员。

〔23〕 陶元庆(1893—1929) 字璇卿,浙江绍兴人,美术家。曾为鲁迅的著译《彷徨》、《坟》、《苦闷的象征》等绘制封面。

《唐宋传奇集》稗边小缀[1]

　　《古镜记》见《太平广记》卷二百三十,改题《王度》,[2]注云:出《异闻集》。[3]《太平御览》(九百十二)引其程雄家婢一事[4],作隋王度《古镜记》,盖缘所记皆隋时事而误。《文苑英华》(七百三十七)顾况《戴氏广异记》序[5]云"国朝燕公《梁四公记》,唐临《冥报记》,王度《古镜记》,孔慎言《神怪志》,赵自勤《定命录》,至如李庚成张孝举之徒,互相传说。"则度实已入唐,故当为唐人。惟《唐书》及《新唐书》皆无度名。其事迹之可藉本文考见者,如下:

　　　　大业七年五月,自御史罢归河东;六月,归长安。　八年四月,在台;冬,兼著作郎,奉诏撰国史。九年秋,出兼芮城令;冬,以御史带芮城令,持节河北道,开仓赈给陕东。　十年,弟勣自六合丞弃官归,复出游。　十三年六月,勣归长安。

　　由隋入唐者有王绩[6],绛州龙门人,《新唐书》(一九六)《隐逸传》云:"大业中,举孝悌廉洁……不乐在朝,求为六合丞。以嗜酒不任事,时天下亦乱,因劾,遂解去。叹曰:'罗网在天下,吾且安之!'乃还乡里。……初,兄凝为隋著作郎,撰《隋书》,未成,死。绩续余功,亦不能成。"则《新唐书》之绩及凝,即此文之勣及度,或度一名凝,或《新唐书》字误,未能详

93

也。[7]《唐书》(一九二)亦有绩传,云:"贞观十八年卒。"时度已先殁,然不知在何年。宋晁公武《郡斋读书志》(十四)类书类有《古镜记》一卷,云:"右未详撰人,纂古镜故事。"或即此。《御览》所引一节,文字小有不同。如"为下邽陈思恭义女"下有"思恭妻郑氏"五字,"遂将鹦鹉"之"将"作"劫",皆较《广记》为胜。

《补江总白猿传》[8]据明长洲《顾氏文房小说》[9]覆刊宋本录,校以《太平广记》四百四十四所引改正数字。《广记》题曰《欧阳纥》[10],注云:出《续江氏传》,是亦据宋初单行本也。此传在唐宋时盖颇流行,故史志屡见著录:

《新唐书》《艺文志》子部小说家类:《补江总白猿传》一卷。

《郡斋读书志》史部传记类:《补江总白猿传》一卷。　右不详何人撰。述梁大同末欧阳纥妻为猿所窃,后生子询。《崇文目》以为唐人恶询者为之。

《直斋书录解题》子部小说家类:《补江总白猿传》一卷。　无名氏。欧阳纥者,询之父也。询貌狝猿,盖常与长孙无忌互相嘲谑矣。此传遂因其嘲广之,以实其事。托言江总,必无名子所为也。

《宋史》《艺文志》子部小说类:《集补江总白猿传》一卷。

长孙无忌嘲欧阳询[11]事,见刘餗《隋唐嘉话》(中)[12]。其诗云:"耸膊成山字,埋肩不出头。谁家麟阁上,画此一狝猴!"盖询耸肩缩项,状类狝猴。而老玃窃人妇生子,本旧来传说。汉焦延寿《易林》(坤之剥)[13]已云："南山大玃，盗我媚妾。"晋张华作《博物志》，说之甚详(见卷三《异兽》)[14]。唐人或妒询名重，遂牵合以成此传。其曰"补江总"者，谓总为欧阳纥之友，又尝留养询，具知其本末，而未为作传，因补之也。

《离魂记》[15]见《广记》三百五十八，原题《王宙》，注云出《离魂记》，即据以改题。"二男并孝廉擢第，至丞尉"句下，原有"事出陈玄祐《离魂记》云"九字，当是羡文，今删。玄祐，大历时人，馀未知其审。

《枕中记》[16]今所传有两本，一在《广记》八十二，题作《吕翁》，注云出《异闻集》；一见于《文苑英华》八百三十三，篇名撰人名毕具。而《唐人说荟》竟改称李泌[17]作，莫喻其故也。沈既济，苏州吴人（《元和姓纂》云吴兴武康人），[18]经学该博，以杨炎[19]荐，召拜左拾遗史馆修撰。贞元时，炎得罪，既济亦贬处州司户参军。后入朝，位礼部员外郎，卒。撰《建中实录》[20]十卷，人称其能。《新唐书》（百三十二）有传。既济为史家，笔殊简质，又多规诲，故当时虽薄传奇文者，仍极推许。如李肇，即拟以庄生寓言，与韩愈之《毛颖传》并举（《国史补》下）[21]。《文苑英华》不收传奇文，而独录此篇及陈鸿《长恨传》[22]，殆亦以意主箴规，足为世戒矣。

在梦寐中忽历一世，亦本旧传。晋干宝《搜神记》[23]中即有相类之事。云"焦湖庙有一玉枕，枕有小坼。时单父县人杨林为贾客，至庙祈求。庙巫谓曰：君欲好婚否？林曰：幸甚。巫即遣林近枕边，因入坼中。遂见朱楼琼室，有赵太尉在其中。即嫁女与林,生六子,皆为秘书郎。历数十年,并无思归之志。忽如梦觉,犹在枕旁,林怆然久之。"(见宋乐史[24]《太平寰宇记》百二十六引。现行本《搜神记》乃后人钞合,失收此条。)盖即《枕中记》所本。明汤显祖又本《枕中记》以作《邯郸记》传奇[25],其事遂大显于世。原文吕翁无名,《邯郸记》实以吕洞宾[26],殊误。洞宾以开成年下第入山,在开元后,不应先已得神仙术,且称翁也。然宋时固已溷为一谈,吴曾《能改斋漫录》[27],赵与峕《宾退录》[28]皆尝辨之。明胡应麟亦有考正,见《少室山房笔丛》中之《玉壶遐览》[29]。

《太平广记》所收唐人传奇文,多本《异闻集》。其书十卷,唐末屯田员外郎陈翰撰,见《新唐书》《艺文志》,今已不传。据《郡斋读书志》(十三)云,"以传记所载唐朝奇怪事,类为一书",及见收于《广记》者察之,则为撰集前人旧文而成。然照以他书所引,乃同是一文,而字句又颇有违异。或所据乃别本,或翰所改定,未能详也。此集之《枕中记》,即据《文苑英华》录,与《广记》之采自《异闻集》者多不同。尤甚者如首七句《广记》作"开元十九年,道者吕翁经邯郸道上,邸舍中设榻,施担囊而坐。"[30]"主人方蒸黍"作"主人蒸黄粱为馔"。后来凡言"黄粱梦"者,皆本《广记》也。此外尚多,今不悉举。

《任氏传》[31]见《广记》四百五十二,题曰《任氏》,不著所出,盖尝单行。"天宝九年"上原有"唐"字。案《广记》取前代书,凡年号上著国号者,大抵编录时所加,非本有,今删。他篇皆仿此。

右第一分

《唐宋传奇集》稗边小缀

＊　　＊　　＊

〔1〕 本篇写于1927年8月22日至24日,最初印入1928年2月上海北新书局出版的《唐宋传奇集》下册。

《唐宋传奇集》,鲁迅编选,共八卷,收唐、宋两代传奇小说四十五篇,书末为《稗边小缀》一卷。1927年12月、1928年2月由北新书局分上、下二册出版。1934年5月合为一册,由上海联华书局再版。后收入1938年版《鲁迅全集》第十卷。

〔2〕《古镜记》 传奇篇名,隋末唐初王度作。记古镜的灵异故事。王度,唐代绛州龙门(今山西河津)人,原籍太原(今属山西),文中子王通之兄。参看《中国小说史略》第八篇。

〔3〕《异闻集》 传奇笔记集,十卷,唐代陈翰编。已佚。

〔4〕 程雄家婢一事 指《古镜记》所述程雄家婢女鹦鹉原系千岁老狐,为宝镜所照,现形而死等情节。

〔5〕《文苑英华》 诗文总集,宋太宗时李昉等奉命编集,辑梁末至唐代诗文,共一千卷。顾况(727—815),字逋翁,苏州海盐(今属浙江)人,中唐诗人。至德进士,曾任著作郎等职。著有《华阳集》。《戴氏广异记》,笔记集,二十卷,唐代戴君孚著,已佚。按此下引文中的"国朝燕公《梁四公记》",《文苑英华》原作"国朝燕梁四公传"。

〔6〕 王绩(585—644) 字无功,号东皋子,绛州龙门人,初唐诗人。隋末官秘书省正字,唐初待诏门下省,后弃官回乡。著有《东皋子集》。"绩"同"勣"。

〔7〕 按王凝,字叔恬,文中子王通之弟,东皋子王绩之兄,曾任太原令。

〔8〕《补江总白猿传》 传奇篇名,作者不详。写欧阳纥之妻被白猿掠去,后生子貌似猿猴的故事。江总(519—594),字总持,济阳考

97

城(今河南兰考)人,南朝陈时官至尚书令。有《江令君集》。

〔9〕 《顾氏文房小说》 顾氏,即顾元庆(1487—1565),字大有,明代长洲(今属江苏苏州)人,室名"阳山顾氏文房",藏书万卷。所编《顾氏文房小说》为笔记小说丛书,共四十种,五十卷。多据宋版翻刻。

〔10〕 欧阳纥(538—570) 字奉圣,潭州临湘(今湖南长沙)人。南朝陈时官广州刺史,因谋反被杀。

〔11〕 长孙无忌(？—659) 字辅机,洛阳(今属河南)人,唐太宗长孙皇后之兄。官至尚书右仆射。欧阳询(557—641),字信本,欧阳纥之子,唐代书法家。曾官太子率更令。欧阳纥被诛后,他由纥旧友江总收养成人。

〔12〕 刘餗 字鼎卿,唐代彭城(今江苏徐州)人,玄宗时官集贤殿学士。著有《国朝传记》等书,皆佚。《隋唐嘉话》为后人所辑,共三卷,多记隋唐时人物故事。

〔13〕 焦延寿 字赣(一说名赣),梁(治今河南商丘)人,汉代易学家。昭帝时官小黄令。《易林》,一说崔篆著,利用《易经》进行占卜,每卦的系词都用四言韵语写成。坤之剥,《易林》卷一中的卦名,系词全文为:"南山大玃,盗我媚妾。怯不敢逐,退然独宿。"

〔14〕 张华(232—300) 字茂先,范阳方城(今河北固安)人,西晋文学家。官至司空。《博物志》,笔记集,旧题张华著。记述神怪奇物、异闻杂事。原书已佚,今本十卷,为后人所辑。该书《异兽》篇有蜀中高山产"猴玃",喜掠妇女,生子与常人无异的记载。

〔15〕 《离魂记》 传奇篇名,唐代陈玄祐作。写张倩娘热恋王宙,为父所阻,因而魂离躯体,与王结为夫妇的故事。

〔16〕 《枕中记》 传奇篇名,唐代沈既济作。写卢生于邯郸邸舍遇道士吕翁,吕授以瓷枕,鼾然入梦,及至醒来,邸舍主人蒸黍未熟,而

他在梦中已历尽荣华、几经挫折的故事。

〔17〕《唐人说荟》 小说笔记丛书,旧有明代桃源居士辑本,凡一四四种;清代陈世熙(莲塘居士)又从《说郛》等书辑出二十种补入,合为一六四种,内多删节和谬误。坊刻本或改名《唐代丛书》。李泌(722—789),字长源,唐代京兆(今陕西西安)人。官至宰相,封邺侯。

〔18〕沈既济(约750—约800) 苏州吴(今江苏苏州)人,唐代文学家。德宗时任左拾遗、史馆修撰。吴兴,唐郡名,治今浙江湖州。武康,旧县名,今属浙江德清。

〔19〕杨炎(727—781) 字公南,凤翔天兴(今陕西凤翔)人,唐德宗时官至尚书左仆射。后获罪谪崖州。按下文称"贞元时,炎得罪",贞元当系建中之误。《旧唐书·杨炎传》:"建中二年十月,诏曰,尚书左仆射杨炎……不思竭诚,敢为奸蠹……俾从远谪,以肃寮僚。"建中(780—783),贞元(785—804),皆为唐德宗年号。

〔20〕《建中实录》 记载唐德宗建中年间大事的史书,十卷。止于建中二年(781)十二月沈既济罢史官时。

〔21〕李肇 唐代人,宪宗元和年间官翰林学士、中书舍人。他在所著《国史补》中说:"沈既济撰《枕中记》,庄生寓言之类。韩愈撰《毛颖传》,其文尤高,不下史迁。二篇真良史才也。"韩愈(768—824),字退之,河南河阳(今河南孟县)人,唐代文学家,官至吏部侍郎。《毛颖传》是他所写的一篇寓言,毛颖是文中毛笔的托名。《国史补》,三卷,记唐玄宗开元至穆宗长庆年间事。

〔22〕陈鸿《长恨传》 参看本篇第三分。

〔23〕干宝 字令升,东晋新蔡(今属河南)人,官著作郎、散骑常侍。《搜神记》,志怪小说集。原书已佚,今本为后人所辑,共二十卷。

〔24〕乐史(930—1007) 宋代抚州宜黄(今属江西)人。参看本

篇第七分。

〔25〕 汤显祖(1550—1616) 字义仍，号海若，临川(今属江西)人，明代戏曲作家。官至吏部主事。著有传奇《紫钗记》、《牡丹亭》、《邯郸记》、《南柯记》，合称《临川四梦》或《玉茗堂四梦》；又有《玉茗堂集》。《邯郸记》传奇，据《枕中记》改编，演吕洞宾度卢生出家故事，一卷。其中以《枕中记》的吕翁为吕洞宾。

〔26〕 吕洞宾(798—?) 名嵒，相传唐代京兆(今陕西西安)人，懿宗时两举进士不第，后修道于终南山。宋元以来小说戏曲多写他的神异故事，俗传为"八仙"之一。

〔27〕 吴曾 字虎城，崇仁(今属江西)人，南宋高宗时曾官吏部郎中，阿附秦桧，后出知严州。《能改斋漫录》，笔记集，原本二十卷，已佚。今本为明代人所辑，共十八卷。卷十八有考辨《枕中记》中吕翁非吕洞宾的一段文字："盖洞宾尝自序以为吕渭之孙，渭仕德宗朝，今云开元中，则吕翁非洞宾，无可疑者。而或者又以为开元想是开成字，亦非也。开成虽文宗时，然洞宾度此时未可称翁。……《雅言系述》有《吕洞宾传》，云'关右人，咸通初举进士不第，值巢贼为梗，携家隐居终南，学老子法'云。以此知洞宾乃唐末人。"开元(713—741)，唐玄宗年号；开成(836—840)，唐文宗年号。

〔28〕 赵与峕(1172—1228) 字行之，宋朝宗室。《宾退录》，笔记集，共十卷。书中复述吴曾的观点，并提出为何传说中神仙多为吕氏的疑问。

〔29〕 《少室山房笔丛》 笔记集，正集三十二卷，续集十六卷，共四十八卷。《玉壶遐览》是《笔丛》的一种，在该书卷四十二至四十五，多记有关神仙、道术、方士等传说。其中引述吴曾、赵与峕对于吕洞宾的考辨，补列传说中的吕姓神仙多人，并论证吕洞宾当为五代时人。

100

〔30〕"施担囊而坐" 谈恺本《太平广记》作"施席担囊而坐"。谈注:明钞本"担"作"解"。

〔31〕《任氏传》 传奇篇名,沈既济作。写狐精任氏与青年郑六爱恋,"遇暴不失节,徇人以至死"的故事。

李吉甫《编次郑钦说辨大同古铭论》[1],清赵钺及劳格撰之《唐御史台精舍题名考》(三)云见于《文苑英华》[2]。先未写出,适又无《文苑英华》可借,因据《广记》三百九十一录其文,本题《郑钦说》,则复依赵钺劳格说改也。文亦原非传奇,而《广记》注云出《异闻记》[3],盖其事奥异,唐宋人固已以小说视之,因编于集。李吉甫字弘宪,赵人,贞元初,为太常博士;累仕至翰林学士中书舍人。元和二年,以中书侍郎同中书门下平章事,出为淮南节度使,旋复入相。九年十月,暴疾卒,年五十七。赠司空,谥忠懿。两《唐书》(旧一四八新一四六)皆有传。郑钦说则《新唐书》(二百)附见《儒学》《赵冬曦传》中。云开元初繇新津丞请试五经擢第,授巩县尉,集贤院校理,右补阙,内供奉。雅为李林甫[4]所恶。韦坚[5]死,钦说时位殿中侍御史,尝为坚判官,贬夜郎尉,卒。

《柳氏传》[6]出《广记》四百八十五,题下注云许尧佐撰。《新唐书》(二百)《儒学》《许康佐传》云:"贞元中,举进士宏辞,连中之。……其诸弟皆擢进士第,而尧佐最先进;又举宏辞,为太子校书郎。八年,康佐继之。尧佐位谏议大夫。"柳氏事亦见于孟棨《本事诗》(《情感》第一)[7],自云开成中在梧州闻之大梁凤将赵唯,乃其目击。所记与尧佐传并同,盖事

101

实也。而述翃[8]复得柳氏后事较详审,录之:

> 后罢府闲居,将十年。李相勉镇夷门,又署为幕吏。时韩已迟暮,同列皆新进后生,不能知韩。举目为"恶诗"。韩邑邑不得意,多辞疾在家。唯末职韦巡官者,亦知名士,与韩独善。一日,夜将半,韦叩门急。韩出见之,贺曰:"员外除驾部郎中,知制诰。"韩大愕然曰:"必无此事,定误矣。"韦就座曰:"留邸状报制诰阙人。中书两进名,御笔不点出。又请之,且求圣旨所与。德宗批曰:'与韩翃。'时有与翃同姓名者,为江淮刺史。又具二人同进。御笔复批曰:'春城无处不飞花,寒食东风御柳斜。日暮汉宫传蜡烛,轻烟散入五侯家。'又批曰:'与此韩翃。'"韦又贺曰:"此非员外诗耶?"韩曰:"是也。是知不误矣。"质明,而李与僚属皆至。时建中初也。

后来取其事以作剧曲者,明有吴长孺《练囊记》[9],清有张国寿《章台柳》[10]。

《柳毅传》[11]见《广记》四百十九卷,注云出《异闻集》。原题无传字,今增。据本文,知为陇西李朝威作,然作者之生平不可考。柳毅事则颇为后人采用,金人已摭以作杂剧(语见董解元《弦索西厢》[12]);元尚仲贤有《柳毅传书》,翻案而为《张生煮海》[13];李好古亦有《张生煮海》[14];明黄说仲有《龙箫记》[15]。用于诗篇,亦复时有。而胡应麟深恶之,曾云:"唐人小说如柳毅传书洞庭事,极鄙诞不根,文士亟当唾去,而诗人往往好用之。夫诗中用事,本不论虚实,然此事特诞而不情。造言者至此,亦横议可诛者也。何仲默每戒人用唐宋事,而有'旧井潮深柳毅祠'之句,亦大卤莽。今特拈出,为学诗之鉴。"(《笔丛》三十六)申绎此意,则为凡汉晋人语,倘或近情,虽诞可用。古人欺以其方,即明知而乐受,亦未得为笃论也。

《李章武传》[16]出《广记》卷三百四十。原题无传字,篇末注云出李景亮为作传,今据以加。景亮,贞元十年详明政术可以理人科擢第,见《唐会要》[17],馀未详。

《霍小玉传》[18]出《广记》四百八十七,题下注云蒋防撰。防字子徵(《全唐文》[19]作微),义兴人,澄之后[20]。年十八,父诫令作《秋河赋》[21],援笔即成。于简遂妻以子。李绅[22]即席命赋《鞲上鹰》诗[23]。绅荐之。后历翰林学士中书舍人(明凌迪知《古今万姓统谱》[24]八十六)。长庆中,绅得罪,防亦自尚书司封员外郎知制诰贬汀州刺史(《旧唐书》《敬宗纪》),寻改连州。李益[25]者,字君虞,系出陇西,累官右散骑常侍。太和中,以礼部尚书致仕。时又有一李益,官太子庶子,世因称君虞为"文章李益"以别之,见《新唐书》(二百三)《李益传》。益当时大有诗名,而今遗集苓落,清张澍曾裒集为一卷,刻《二酉堂丛书》中[26],前有事辑,收罗李事甚备。《霍小玉传》虽小说,而所记盖殊有因,杜甫《少年行》有句云:"黄衫年少宜来数,不见堂前东逝波",即指此事[27]。时甫在蜀,殆亦从传闻得之。益之友韦夏卿[28],字云客,京兆万年人,亦两《唐书》(旧一六五新一六二)皆有传。李肇(《国史补》中)云:"散骑常侍李益少有疑病",而传谓小玉死后,李益

103

乃大猜忌,则或出于附会,以成异闻者也。明汤海若尝取其事作《紫箫记》[29]。

右第二分

* * *

〔1〕 李吉甫(758—814) 唐代赵(今河北赵县)人。《编次郑钦说辨大同古铭论》,写郑钦说为任昇之辨释其先祖所得大同古铭事。郑钦说,荥阳(今属河南)人,通历术,博物。大同古铭,传为任昇之五世祖任昉于梁武帝大同四年在钟山圯圹得到的篆书铭文。"说"一作"悦"。

〔2〕 赵钺(1778—1849) 字雩门,清代仁和(今属浙江杭州)人。嘉庆年间进士,官至泰州知州。著《唐郎官石柱题名考》、《唐御史台精舍题名考》,因年老未成,委托劳格续完。劳格(1820—1864),字保艾,号季言,清代仁和人。诸生。《唐御史台精舍题名考》,三卷,根据唐玄宗开元年间建立的《大唐御史台精舍碑铭》上所刻御史的名字,搜集散见史志、类书的材料,依次考列他们的简历。该书卷三:"郑钦说:李吉甫有《编次郑钦说辨大同古铭论》文,称钦说自右补阙历殿中侍御史,为时宰李林甫所恶,斥摈于外。(《文苑英华》)"按今本《文苑英华》未见收有《编次郑钦说辨大同古铭论》。

〔3〕《异闻记》 疑即陈翰《异闻集》。

〔4〕 李林甫(？—752) 唐朝宗室。玄宗时任宰相,人称他"口有蜜,腹有剑"。

〔5〕 韦坚(？—746) 字子全,京兆万年(今陕西长安)人。唐玄宗时官陕郡太守、水陆转运使。天宝五年(746),李林甫诬其谋立太子,流放岭南,被杀。

〔6〕《柳氏传》 传奇篇名,又作《章台柳》。写诗人韩翃妻柳氏

为蕃将沙吒利所劫,经虞候许俊夺回,与韩重获团圆的故事。

〔7〕 孟棨 一作孟启,字初中,唐末人,僖宗乾符进士,官尚书司勋郎中。《本事诗》,一卷,分《情感》等七类,记述有关唐人诗歌的本事。

〔8〕 翃 韩翃,字君平,南阳(今属河南)人,唐代诗人。天宝进士,官至中书舍人。有《韩君平集》。事迹附见《新唐书·卢纶传》。《柳氏传》中的韩翊即指韩翃。

〔9〕 吴长孺 名大震,别署市隐生,明代休宁(今属安徽)人。《练囊记》,传奇剧本,吴长孺、张仲豫合著,演《柳氏传》故事。未见传本。

〔10〕 清有张国寿《章台柳》 "清"当为"明"。张国寿,当为张国筹,明代章邱(今属山东)人,穆宗时官行唐知县。所著《章台柳》杂剧,演《柳氏传》故事。未见传本。

〔11〕《柳毅传》 传奇篇名,写书生柳毅为洞庭龙女传书,使她得以摆脱丈夫虐待,后来并与她结为夫妇的故事。

〔12〕 董解元 金代戏曲作家,名字、生平不详。(解元为当时对读书人的敬称。)《弦索西厢》,八卷,以诸宫调合成套数的形式说唱《莺莺传》故事,改悲剧结局为团圆。卷一《柘枝令》中有"也不是双渐豫章城,也不是柳毅传书"等语。

〔13〕 尚仲贤 真定(今河北正定)人,元代戏曲作家,曾任江浙行省官员。所著杂剧《柳毅传书》,全名《洞庭湖柳毅传书》,一卷;《张生煮海》,已佚,但情节当与下文述及的李好古本相同,所以称其为《柳毅传》的"翻案"。

〔14〕 李好古 保定(今属河北)人,元代戏曲作家。所著《张生煮海》,全名《沙门岛张生煮海》,杂剧剧本,一卷,写东海龙王之女与书生张羽相爱,张得仙女相助,煮沸海水,迫使龙王允婚的故事。其情节

与《柳毅传》中龙王主动以女许配柳毅相反。

〔15〕黄说仲有《龙箫记》 "箫"当为"绡"。黄说仲,名维楫(一作维楫),明代天台(今属浙江)人。所著传奇剧本《龙绡记》,亦演柳毅传书故事。未见传本。

〔16〕《李章武传》 传奇篇名,写李章武与王氏妇相恋,妇死后魂魄仍来与李私会的故事。

〔17〕《唐会要》 史书,一百卷,宋代王溥著。记述唐代制度沿革,保存正史不载的资料颇多。关于李景亮的史料见该书卷七十六。

〔18〕《霍小玉传》 传奇篇名。写进士李益遗弃情人霍小玉,后受到霍的冤魂报复,终生疑妬其妻妾的故事。

〔19〕《全唐文》 唐代散文总集,一千卷,清嘉庆时董诰等编。收录唐、五代作者三千余人的文章,附有作者小传。

〔20〕蒋澄 字少明,汉代人,官至刺史。义兴,即今江苏宜兴。

〔21〕父诫令作《秋河赋》 诫,蒋防父名。《文苑英华》、《全唐文》皆未收《秋河赋》,《古今万姓统谱》引有两句:"连云梯以迥立,跨星桥而径渡。"

〔22〕李绅(772—846) 字公垂,无锡(今属江苏)人,唐代诗人。宪宗元和进士,穆宗长庆三年(823),由御史中丞贬为户部侍郎,次年又贬端州司马。武宗时官至宰相。著有《追昔游集》。

〔23〕《韝上鹰》诗 全诗未见,《古今万姓统谱》引有两句:"几欲高飞上天去,谁人为解绿丝绦。"

〔24〕凌迪知 字稚哲,号绎泉,明代乌程(今浙江吴兴)人,嘉靖进士,官至兵部员外郎。《古今万姓统谱》,姓氏谱录,一四六卷,依姓氏分韵编次,记载各姓著名人物的籍贯、事迹。

〔25〕李益(748—829) 陇西姑臧(今甘肃武威)人,中唐诗人,

大历进士。有《李益集》。《新唐书》本传称其"少痴而忌克,防闲妻妾苛严,世谓妒为'李益疾'"。

〔26〕《二酉堂丛书》所收李益集,题作《李尚书诗集》,一卷,附《李氏事迹》一卷。

〔27〕 杜甫(712—770) 字子美,祖籍襄阳(今属湖北),后迁居巩县(今属河南),唐代著名诗人。曾官左拾遗。宋代姚宽《西溪丛语》卷下:"蒋防作《霍小玉传》,书大历中李益事……老杜有《少年行》二首,一云:'巢燕引雏浑去尽,江花结子已无多。黄衫少年宜来数,不见堂前东逝波。'考作诗时大历间,甫政在蜀,是时想有好事者传去,作此诗尔。"

〔28〕 韦夏卿(743—806) 唐德宗贞元年间官至吏部侍郎、太子少保。《霍小玉传》中述及他对于李益遗弃小玉的行为有所规劝。

〔29〕 汤海若 即汤显祖。《紫箫记》为其早期所著传奇剧本,写《霍小玉传》故事,成四十三出,未完。按汤后又写传奇《紫钗记》,全本二卷,亦演霍小玉故事,除结局改为团圆外,基本情节与原传相同。

李公佐所作小说,今有四篇在《太平广记》中,其影响于后来者甚钜,而作者之生平顾不易详。从文中所自述,得以考见者如次:

  贞元十三年,泛潇湘苍梧。(《古岳渎经》) 十八年秋,自吴之洛,暂泊淮浦。(《南柯太守传》)

  元和六年五月,以江淮从事受使至京,回次汉南。(《冯媪传》) 八年春,罢江西从事,扁舟东下,淹泊建业。(《谢小娥传》) 冬,在常州。(《经》)

  九年春,访古东吴,泛洞庭,登包山。(《经》) 十

三年夏月,始归长安,经泗滨。(《谢传》)

《全唐诗》末卷有李公佐仆诗[1]。其本事略谓公佐举进士后,为钟陵从事。有仆夫执役勤瘁,迨三十年。一旦,留诗一章,距跃凌空而去。诗有"颛蒙事可亲"之语,注云:"公佐字颛蒙",疑即此公佐也。然未知《全唐诗》采自何书,度必出唐人杂说,而寻检未获。《新唐书》(七十)《宗室世系表》有千牛备身公佐,为河东节度使说[2]子,灵盐朔方节度使公度弟,则别一人也。《唐书》《宣宗纪》载有李公佐,会昌初,为杨府录事,大中二年,坐累削两任官,却似颛蒙。然则此李公佐盖生于代宗时,至宣宗初犹在,年几八十矣。[3]惟所见仅孤证单文,亦未可遽定。

《古岳渎经》出《广记》四百六十七,题为《李汤》[4],注云出《戎幕闲谈》,《戎幕闲谈》乃韦绚[5]作,而此篇是公佐之笔甚明。元陶宗仪《辍耕录》[6](二十九)云:"东坡《濠州涂山》诗'川锁支祁水尚浑'注,'程演曰:《异闻集》载《古岳渎经》:禹治水,至桐柏山,获淮涡水神,名曰巫支祁。'"其出处及篇名皆具,今即据以改题,且正《广记》所注之误。《经》盖公佐拟作,而当时已被其淆惑。李肇《国史补》(上)即云:"楚州有渔人,忽于淮中钓得古铁锁,挽之不绝。以告官。刺史李汤大集人力,引之。锁穷,有青狝猴跃出水,复没而逝。后有验《山海经》云,水兽好为害,禹锁于军山之下,其名曰无支祁。"验今本《山海经》[7]无此语,亦不似逸文。肇殆为公佐此作所误,又误记书名耳。且亦非公佐据《山海经》逸文,以造《岳渎经》也。至明,遂有人径收之《古逸书》[8]中。胡应麟(《笔丛》三十二)亦有说,以为"盖即六朝人踵《山海经》体而赝作者。或唐文士滑稽玩世之文,命名《岳渎》可见。以其说颇诡异,故后世或喜道之。宋太史景濂亦稍隐括集中,总之以文为戏耳。罗泌《路史》辩有无支祁[9];世又讹禹事为泗州大圣,皆可笑。"所引文亦与《广记》殊有异同:禹理水作禹治淮水;走雷作迅雷;石号作水号;五伯作土伯;搜命作授命;千作等山;白首作白面;奔轻二字无;闻字无;章律作童律,下重有童律二字;鸟木由作乌木由,下亦重有三字;庚辰下亦重有庚辰字;桓下有胡字;聚作丛;以数千载作以千数;大索作大械;末四字无。颇较顺利可诵识。然未审元瑞所据者为善本,抑但以意更定也,故不据改。

朱熹《楚辞辩证》(下)云:《天问》,鲧窃帝之息壤以堙洪水,特战国时俚俗相传之语,如今世俗僧伽降无之祁,许逊斩蛟蜃精之类。本无依据,而好事者遂假托撰造以实之。[10]是宋时先讹禹为僧伽[11]。王象之《舆地纪胜》(四十四淮南东路盱眙军)[12]云:"水母洞在龟山寺,俗传泗州僧伽降水母于此。"则复讹巫支祁为水母。褚人获《坚瓠续集》[13](二)云:"《水经》载禹治水至淮,淮神出见。形一猕猴,爪地成水。禹命庚辰执之。遂锁于龟山之下,淮水乃平。至明,高皇帝过龟山,令力士起而视之。因拽铁索盈两舟,而千人拔之起。仅一老猿,毛长盖体,大吼一声,突入水底。高皇帝急令羊豕祭之,亦无他患。"是又讹此文为《水经》,且坚嫁李汤事于明太祖[14]矣。

《南柯太守传》[15]出《广记》四百七十五,题《淳于棼》,

注云出《异闻录》。《传》是贞元十八年作,李肇为之赞,即缀篇末。而元和中肇作《国史补》,乃云"近代有造谤而著者,《鸡眼》《苗登》二文;有传蚁穴而称者,李公佐《南柯太守》;有乐伎而工篇什者,成都薛涛,有家僮而善章句者,郭氏奴(不记名)。皆文之妖也。"(卷下)约越十年,遂诋之至此,亦可异矣。梦事亦颇流传,宋时,扬州已有南柯太守墓,见《舆地纪胜》(三十七淮南东路)引《广陵行录》[16]。明汤显祖据以作《南柯记》[17],遂益广传至今。

《庐江冯媪传》出《广记》三百四十三,注云出《异闻传》。[18]事极简略,与公佐他文不类。然以其可考见作者踪迹,聊复存之。《广记》旧题无传字,今加。

《谢小娥传》[19]出《广记》四百九十一,题李公佐撰。不著所从出,或尝单行欤,然史志皆不载。唐李复言作《续玄怪录》,亦详载此事[20],盖当时已为人所艳称。至宋,遂稍讹异,《舆地纪胜》(三十四江南西路)记临江军[21]人物,有谢小娥,云:"父自广州部金银纲,携家入京,舟过霸滩[22],遇盗,全家遇害。小娥溺水,不死,行乞于市。后佣于盐商李氏家,见其所用酒器,皆其父物,始悟向盗乃李也。心衔之,乃置刀藏之,一夕,李生置酒,举室酣醉。娥尽杀其家人,而闻于官。事闻诸朝,特命以官。娥不愿,曰:'已报父仇,他无所事,求小庵修道。'朝廷乃建尼寺,使居之,今金池坊尼寺是也。"事迹与此传似是而非,且列之李邈与傅雱[23]之间,殆已以小娥为北宋末人矣。明凌濛初[24]作通俗小说(《拍案惊奇》十九),则据《广记》。

贞元十一年,太原白行简作《李娃传》[25],亦应李公佐之命也。是公佐不特自制传奇,且亦促侪辈作之矣。《传》今在《广记》卷四百八十四,注云出《异闻集》。元石君宝作《李亚仙花酒曲江池》[26],明薛近兖作《绣襦记》[27],皆本此。胡应麟(《笔丛》四十一)论之曰:"娃晚收李子[28],仅足赎其弃背之罪,传者亟称其贤,大可哂也。"以《春秋》决传奇狱,失之。行简字知退(《新唐书》《宰相世系表》云,字退之),居易[29]弟也。贞元末,登进士第。元和十五年,授左拾遗,累迁司门员外郎主客郎中。宝历二年冬,病卒。两《唐书》皆附见《居易传》(旧一六六新一一九)。有集二十卷,今不存。传奇则尚有《三梦记》[30]一篇,见原本《说郛》卷四。其刘幽求一事[31]尤广传,胡应麟(《笔丛》三十六)又云:"《太平广记》梦类数事皆类此。此盖实录,馀悉祖此假托也。"案清蒲松龄《聊斋志异》中之《凤阳士人》[32],盖亦本此。

《说郛》于《三梦记》后,尚缀《纪梦》一篇,亦称行简作。而所记年月为会昌二年六月,时行简卒已十七年矣。疑伪造,或题名误也。附存以备检:

> 行简云:长安西市帛肆有贩粥求利而为之平者,姓张,不得名。家富于财,居光德里。其女,国色也。尝因昼寝,梦至一处,朱门大户,棨节森然。由门而入,望其中堂,若设燕张乐之为,左右廊皆施帏幄。有紫衣吏引张氏于西廊幙次,见少女如张等辈十许人,花容绰约,花钿照耀。既至,吏促张妆饰,诸女迭助之理泽傅粉。有顷,自外传呼"侍郎来!"自隙间

111

窥之，见一紫绶大官。张氏之兄尝为其小吏，识之，乃言曰："吏部沈公也。"俄又呼曰："尚书来！"又有识者，并帅王公也。逡巡复连呼曰："某来！""某来！"皆郎官以上，六七箇坐厅前。紫衣吏曰："可出矣。"群女旋进，金石丝竹铿鍧，震响中署。酒酣，并州见张氏而视之，尤属意。谓之曰："汝习何艺能？"对曰："未尝学声音。"使与之琴，辞不能。曰："第操之！"乃抚之而成曲。予之筝，亦然；琵琶，亦然。皆平生所不习也。王公曰："恐汝或遗。"乃令口受诗："鬟梳闹埽学宫妆，独立闲庭纳夜凉。手把玉簪敲砌竹，清歌一曲月如霜。"张曰："且归辞父母，异日复来。"忽惊啼，寱，手扪衣带，谓母曰："尚书诗遗矣！"索笔录之。问其故，泣对以所梦，且曰："殆将死乎？"母怒曰："汝作魇耳。何以为辞？乃出不祥言如是。"因卧病累日。外亲有持酒肴者，又有将食味者。女曰："且须膏沐澡渝。"母听，良久，艳妆盛色而至。食毕，乃遍拜父母及坐客，曰："时不留，某今往矣。"自授衾而寝。父母环伺之，俄尔遂卒。会昌二年六月十五日也。

二十年前，读书人家之稍豁达者，偶亦教稚子诵白居易《长恨歌》。陈鸿所作传因连类而显，忆《唐诗三百首》中似即有之。[33]而鸿之事迹颇晦，惟《新唐书》《艺文志》小说类有陈鸿《开元升平源》[34]一卷，注云："字大亮，贞元主客郎中。"又《唐文粹》[35]（九十五）有陈鸿《大统纪序》云："少学乎史氏,志在编年。贞元丁(案当作乙)酉岁,登太常第,始闲居遂志,迺修《大统纪》三十卷。……七年,书始成,故绝笔于元和六年辛卯。"《文苑英华》(三九二)有元稹撰《授丘纾陈鸿员外郎制》[36],云:"朝议郎行太常博士上柱国陈鸿……坚于讨论,可以事举……可虞部员外郎。"可略知其仕历。《长恨传》则有三本。一见于《文苑英华》七百九十四;明人又附刊一篇于后,云出《丽情集》及《京本大曲》,文句甚异,疑经张君房[37]辈增改以便观览,不足据。一在《广记》四百八十六卷中,明人掇以实丛刊者皆此本,最为广传。而与《文苑》本亦颇有异同,尤甚者如"其年夏四月"至篇末一百七十二字,《广记》止作"至宪宗元和元年,蛰屋尉白居易为歌以言其事。并前秀才陈鸿[38]作传,冠于歌之前,目为《长恨歌传》"而已。自称前秀才陈鸿,为《文苑》本所无,后人亦决难臆造,岂当时固有详略两本欤,所未详也。今以《文苑英华》较不易见,故据以入录。然无诗,则以载于《白氏长庆集》者足之。

《五色线》[39](下)引陈鸿《长恨传》云:"贵妃赐浴华清池,清澜三尺,中洗明玉,既出水,力微不胜罗绮。"今三本中均无第二三语[40]。惟《青琐高议》(七)中《赵飞燕别传》[41]有云:"兰汤滟滟,昭仪坐其中,若三尺寒泉浸明玉。"宋秦醇之所作也。盖引者偶误,非此传逸文。

本此传以作传奇者,有清洪昉思之《长生殿》[42],今尚广行。蜗寄居士有杂剧曰《长生殿补阙》[43],未见。

《东城老父传》[44]出《广记》四百八十五。《宋史》《艺文志》史部传记类著录陈鸿《东城父老传》一卷,则曾单行。传末贾昌述开元理乱,谓"当时取士,孝悌理人而已,不闻进士宏词拔萃之为其得人也。"亦大有叙"开元升平源"意。又记时人语云:"生儿不用识文字,斗鸡走马胜读书。贾家小儿年十三,富贵荣华代不如。"[45]同出于陈鸿所作传,而远不如《长恨传》中"生女勿悲酸,生男勿喜欢"之为世传诵,则以无白居易为作歌之为之也。

《资治通鉴考异》[46]卷十二所引有《升平源》,云世以为吴兢[47]所撰,记姚元崇[48]藉骑射邀恩,献纳十事,始奉诏作相事。司马光[49]驳之曰:"果如所言,则元崇进不以正。又当时天下之事,止此十条,须因事启沃,岂一旦可邀。似好事者为之,依托兢名,难以尽信。"案兢,汴州浚仪人,少励志,贯知经史。魏元忠[50]荐其才堪论撰,诏直史馆,修国史。私撰《唐书》《唐春秋》[51],叙事简核,人以董狐目之。有传在《唐书》(旧一百二新一三二)。《开元升平源》,《唐志》本云陈鸿作,《宋史》《艺文志》史部故事类始著吴兢《贞观政要》[52]十卷,又《开元升平源》一卷。疑此书本不著撰人名氏,陈鸿吴兢,并后来所题。二人于史皆有名,欲假以增重耳。今姑置之《东城老父传》之后,以从《通鉴考异》写出,故仍题兢名。

右第三分

* * * *

〔1〕 《全唐诗》 唐代诗歌总集,九百卷,清康熙时彭定求等奉诏编辑,收唐、五代作者二千二百余人的诗歌。李公佐仆诗,见该书卷八六二。按此诗原出五代蜀杜光庭《神仙感遇传》卷三。

〔2〕 千牛备身公佐 《直斋书录解题》卷五"杂史"类著录"《建中河朔记》六卷",其作者"李公佐"当即此人。千牛备身,唐时宫廷侍卫职衔。说,即李说(740—800),字岩甫,陇西狄道(今甘肃临洮)人,唐德宗时官至河东节度使,检校礼部尚书。《旧唐书》卷一四六有传。其次子公度,宣宗大中六年(852)任义武节度使;懿宗咸通(860—873)初年调任灵盐朔方节度使。

〔3〕 关于杨府录事李公佐,《旧唐书·宣宗纪》:大中二年(848)推勘武宗会昌初李绅处江都县尉吴湘赃罪死刑一案,关连人中有"前杨府录事参军李公佐"。宣宗敕:"李公佐卑吏守官,制不由己……削两任官。"按此时距《古岳渎经》中李公佐自称泛于苍梧的贞元十三年(797)已五十二年。

〔4〕 《古岳渎经》 传奇篇名,唐代李公佐作。作者自述元和九年在洞庭包山石穴中得《岳渎经》第八卷,内载夏禹擒获水神无支祁,把它锁在淮阴龟山下的传说。李汤,生平事迹不详,《古岳渎经》称其于永泰(765)中任楚州刺史。

〔5〕 《戎幕闲谈》 笔记集,一卷,唐代韦绚著。记李德裕任西川节度使时所述古今异闻。韦绚,字文明,唐代京兆(今陕西西安)人,懿宗咸通年间官至义武军节度使。

〔6〕 陶宗仪 参看本书第18页注〔6〕。《辍耕录》,笔记集,三十卷。杂记元代文献掌故,兼及史地文艺。此书所引"东坡《濠州涂山》诗"即宋代苏轼《濠州七绝·涂山》:"川锁支祁水尚浑,地埋汪罔骨应存。樵苏已入黄能庙,乌鹊犹朝禹会村。"濠州,州治在今安徽凤阳。

〔7〕 《山海经》 十八卷,作者不详,晋代郭璞注。主要记述各地山川、异物的传说,保存了许多古代神话。

〔8〕 《古逸书》 明代潘基庆编有《古逸书》三十卷,选录自秦至

宋的文章,其中未收《古岳渎经》。

〔9〕 罗泌《路史》辩有无支祁　罗泌,宋代庐陵(今属江西)人。所著《路史》四十七卷,卷九有"无支祁"条,力辩僧伽降水母说之无稽,以《岳渎经》为可信。

〔10〕 朱熹(1130—1200)　字元晦,婺源(今属江西)人,宋代理学家。著有《四书集注》、《楚辞集注》等。《楚辞辩证》为《楚辞集注》附录,二卷。该书卷下《天问》篇云:"(洪兴祖)《(楚辞)补注》引《山海经》言:'鲧窃帝之息壤以堙洪水,帝令祝融殛之羽郊。'详其文意,所谓帝者,似指上帝。……今以文意考之,疑此二书(按指《山海经》及《淮南子》)本皆缘《问》而作,而此《问》之言,特战国时俚俗相传之语,如今世俗僧伽降无之祁,许逊斩蛟蜃精之类,本无稽据,而好事者遂假托撰造以实之。明理之士,皆可以一笑而挥之,政不必深与辩也。"

〔11〕 僧伽(628—710)　唐代西域(一说葱岭北)僧人,高宗龙朔至中宗景龙年间,居楚州(今江苏淮安)龙兴寺。生前即多神异传闻,后人遂以禹降无支祁故事附会于其名下,流传过程中又将无支祁讹传为水母。按上文所引胡应麟语中的"泗州大圣"当亦指僧伽,元代高文秀撰有杂剧《木义(叉)行者降妖怪　泗州大圣锁水母》,明代须子寿撰有杂剧《泗州大圣渰水母》,今皆不传。

〔12〕 王象之　字仪父,南宋金华(今属浙江)人。宁宗庆元进士,曾知江宁县。《舆地纪胜》,地理总志,二百卷。记载当时各行政区域沿革及风俗、人物、名胜等。淮南东路,宋行政区域名,治所在今扬州,辖今淮河流域东部地区。盱眙军,治所在今江苏盱眙。按《舆地纪胜》卷四十四所载盱眙军有关无支祁传说的古迹共四处:圣母洞(即水母洞)、圣母井、龟山、百牛潭。前二处实为一处,与僧伽降水母故事有关;后两处则与李汤获无支祁故事有关。

〔13〕 褚人获　字学稼,号石农,清代长洲(今属江苏苏州)人。

著有《坚瓠集》、《隋唐演义》等。《坚瓠续集》,笔记集,四卷。

〔14〕 明太祖 即朱元璋(1328—1398),明王朝的建立者,公元1368年至1398年在位。即《坚瓠续集》文中的"高皇帝"。

〔15〕《南柯太守传》 传奇篇名,唐代李公佐作。写淳于棼梦中被槐安国王招为驸马,出任南柯太守,享尽荣华,梦醒方知槐安国是古槐树上的蚂蚁穴。

〔16〕《广陵行录》 按《舆地纪胜》引作《广陵志》。

〔17〕《南柯记》 明代汤显祖据《南柯太守传》改编的传奇剧本,二卷。末尾添加了淳于棼梦觉后建道场普度大槐,自己也立地成佛的情节。

〔18〕《庐江冯媪传》 传奇篇名,写庐江冯媪夜间投宿,遇桐城县丞董江亡妻的故事。《异闻传》,《太平广记》作《异闻录》。

〔19〕《谢小娥传》 传奇篇名,写谢小娥父亲、丈夫遇盗被杀,小娥为其报仇的故事。

〔20〕《续玄怪录》亦详载此事 《太平广记》卷一二八有辑自《续幽怪录》的《尼妙寂》一篇,故事与《谢小娥传》相同,但称女主人公为"叶氏"女,出家后道号"妙寂"。末云:"……公佐大异之,遂为作传。太和庚戌岁,陇西李復言游巴南,与进士沈田会于蓬州,田因话奇事,持以相示,一览而复之。录怪之日,遂纂于此焉。"李復言(755—833),名谅,唐代陇西(今甘肃东南)人,德宗贞元进士,曾任彭城令、苏州刺史、岭南节度使。所著《续玄怪录》,宋代改题《续幽怪录》,笔记小说集,原本已佚。今有后人辑本四卷,内无《尼妙寂》篇。另有李復言者,于文宗开成五年(840)因以《纂异》十卷纳省卷而被罢举,或以为《续玄怪录》之作者当系此人,《纂异》即《续玄怪录》。

〔21〕 临江军 治所在今江西清江。

〔22〕 霸滩　《舆地纪胜》作萧滩，在今江西清江萧水河边。

〔23〕 李邈(1061—1129)　字彦思，北宋末清江(今属江西)人。知真定府，金兵进犯，守四旬，城破被害。傅雱(？—1158)，北宋末浦江(今属浙江)人，南宋高宗初年曾出使金国。官至工部侍郎。

〔24〕 凌濛初(1580—1644)　字玄房，号初成，别号即空观主人，乌程(今浙江吴兴)人，明代作家，崇祯时官徐州通判。撰话本小说集《拍案惊奇》初、二刻各四十卷，初刻卷十九有《李公佐巧解梦中言，谢小娥智擒船上盗》一篇。

〔25〕 白行简(776—826)　下邽(今陕西渭南)人，唐代文学家。有《白行简集》，已佚。《李娃传》，传奇篇名，写荥阳公子与妓女李娃相爱，金尽被鸨母骗逐，又为父所弃，后得李娃救助，及第拜官，李娃亦受封为汧国夫人。

〔26〕 石君宝(1192—1276)　名德玉，字君宝，平阳(治今山西临汾)人，元代戏曲作家。女真族。《李亚仙花酒曲江池》，杂剧剧本，一卷，演《李娃传》故事，以荥阳公子为郑元和，李娃为李亚仙。

〔27〕 薛近兖　明代戏曲传奇作家，万历年间人。《绣襦记》，传奇剧本，二卷，情节较《李亚仙花酒曲江池》有所发展。清代朱彝尊《静志居诗话》卷十四以为薛近兖作(又有正德间徐霖、嘉靖间郑若庸作二说)。

〔28〕 李子　当系"郑生"之误。

〔29〕 居易　白居易(772—846)，字乐天，晚号香山居士，太原人，唐代诗人。官至刑部尚书。有《白氏长庆集》。

〔30〕《三梦记》　传奇篇名，白行简作。写异地同梦或所梦与实事相符的三个故事。

〔31〕 刘幽求一事　刘幽求(655—715)，唐代冀州武强(今属河

北)人,官至尚书左丞相。"一事",《三梦记》中故事之一,写刘幽求所见的事与其妻梦中经历相同。

〔32〕 蒲松龄(1640—1715) 字留仙,一字剑臣,别号柳泉居士,山东淄川(今山东淄博)人,清代小说家。贡生,长为乡村塾师。著有《聊斋志异》。《凤阳士人》,见《聊斋志异》卷二,写凤阳一书生与其妻及妻弟三人异地同梦的故事。

〔33〕《长恨歌》 长篇叙事诗,白居易作,写唐玄宗李隆基与贵妃杨玉环的爱情故事。陈鸿所作传,即《长恨传》,又作《长恨歌传》。《唐诗三百首》,唐诗选集,清代蘅退居士(孙洙)编。通行版本于《长恨歌》后附有《长恨歌传》。

〔34〕《开元升平源》 即《升平源》,传奇篇名,写姚元崇于唐玄宗行猎之时进谏十策的故事。

〔35〕《唐文粹》 唐代诗文选集,一百卷,北宋姚铉编。

〔36〕 元稹撰《授丘纾陈鸿员外郎制》 元稹为皇帝所起草的诏令。元稹(779—831),字微之,洛阳(今属河南)人,唐代诗人。参看本篇第四分。丘纾,唐代元和间人,元和十五年(820)任左拾遗,见《大唐传载》。

〔37〕《丽情集》 笔记集,宋代张君房著。晁公武《郡斋读书志》著录二十卷,云:"皇朝张君房、唐英合编。古今情感事。"原书已佚。《京本大曲》,大曲集,现无完整传本。大曲,宋代的一种歌舞戏。张君房,宋代安陆(今属湖北)人。真宗景德进士,官至度支员外郎、集贤校理。

〔38〕 秀才 唐初科举有秀才科,品第高于进士科,高宗永徽二年(651)停止举行。陈鸿于贞元二十一年(805)进士及第,这里用"秀才"指称进士。

119

〔39〕《五色线》 笔记集,作者不详,当为宋人所辑。明代《津逮秘书》本二卷。内容杂引汉魏晋唐文集和小说中的琐闻奇事等。引文中的"既",津逮本作"政";"胜",作"役"。

〔40〕 三本中均无第二三语 按明刻《文苑英华》本所附出于《丽情集》及《京本大曲》的《长恨传》中,有"诏浴华清池,清澜三尺,中洗明玉,莲开水上,鸾舞鉴中。既出水,娇多力微,不胜罗绮"等句,其第二三语为《广记》本及《文苑》本所无,而与《五色线》所引相同。

〔41〕《青琐高议》 传奇、笔记集,前、后集各十卷,别集七卷,北宋刘斧编著。《赵飞燕别传》,参看本书第156页注〔8〕。

〔42〕 洪昉思(1645—1704) 名昇,字昉思,号稗畦,钱塘(今属浙江杭州)人,清代戏曲作家。《长生殿》,传奇剧本,演《长恨传》故事,二卷。

〔43〕 蜗寄居士 即唐英(1682—1756),字隽公,号蜗寄居士,奉天(今辽宁沈阳)人,隶汉军正白旗,清代戏曲作家。曾任内务府员外郎,乾隆时监管窑务。《长生殿补阙》,一卷,见所著《古柏堂传奇杂剧》。

〔44〕《东城老父传》 传奇篇名,《宋史·艺文志》作《东城父老传》,题陈鸿作。写东城老父贾昌,少时以善斗鸡为玄宗宠幸,安史乱后出家为僧的故事。

〔45〕"生儿不用识文字"四句,又见《全唐诗》卷八七八,题为《神鸡童谣》。按其下还有四句:"能令金距期胜负,白罗绣衫随软舆。父死长安千里外,差夫持道輓丧车。"

〔46〕《资治通鉴考异》 三十卷,北宋司马光著。书中考列与《资治通鉴》所载史实有关的不同资料,说明其取舍的原因。

〔47〕 吴兢(670—749) 字西济,唐代汴州浚仪(今河南开封)人,曾任起居郎,玄宗时官至卫尉少卿、太子左庶子。著有《贞观政

〔48〕 姚元崇(650—721) 字元之,唐代陕州硖石(今河南陕县)人,历任武则天、睿宗、玄宗等朝宰相。

〔49〕 司马光(1019—1086) 字君实,陕州夏县(今属山西)人,北宋史学家。官至尚书左仆射兼门下侍郎。著有《资治通鉴》、《司马文正公集》等。

〔50〕 魏元忠(？—707) 本名真宰,唐代宋城(今河南商丘)人。官至中书令、尚书右仆射,封齐国公。

〔51〕 私撰《唐书》《唐春秋》 《新唐书·吴兢传》:"兢不得志,私撰《唐书》、《唐春秋》,未就。"后奉诏赴馆撰录。"兢叙事简核,号良史。……世谓今董狐云。"董狐,春秋时晋国人,晋灵公的史官。《左传》宣公二年载:卫灵公被晋卿赵盾的族弟赵穿所杀,他在史策上直书"赵盾弑其君",被孔子称为"古之良史"。

〔52〕 《贞观政要》 史书,十卷。分类辑录唐太宗与大臣的问答,大臣的诤谏、奏疏及贞观年间的政治设施。

元稹字微之,河南河内人,以校书郎累仕至中书舍人,承旨学士。由工部侍郎入相,旋出为同州刺史,改越州,兼浙东观察使。太和初,入为尚书左丞,检校户部尚书,兼鄂州刺史武昌军节度使。五年七月,卒于镇,年五十三。两《唐书》(旧一六六新一七四)皆有传。于文章亦负重名,自少与白居易唱和。当时言诗者称"元白",号为"元和体"[1]。有《元氏长庆集》一百卷,《小集》十卷,今惟《长庆集》六十卷存。《莺莺传》[2]见《广记》四百八十八。其事之振撼文林,为力甚大。当时已有杨巨源李绅辈作诗以张之[3];至宋,则赵令畤拾以制《商调蝶恋花》(在《侯鲭录》中)[4]；金有董解元作《弦索西厢》；元有王实甫《西厢记》[5]，关汉卿《续西厢记》[6]；明有李日华《南西厢记》[7]，陆采亦有《南西厢记》[8]，周公鲁有《翻西厢记》[9]；至清，查继佐尚有《续西厢》杂剧云[10]。

因《莺莺传》而作之杂剧及传奇，曩惟王关本易得。今则刘氏暖红室[11]已刊《弦索西厢》，又聚赵令畤《商调蝶恋花》等较著之作十种为《西厢记十则》。市肆中往往而有，不难致矣。

《莺莺传》中已有红娘及欢郎等名，而张生独无名字。王楙《野客丛书》(二十九)云："唐有张君瑞，遇崔氏女于蒲。崔小名莺莺。元稹与李绅语其事，作《莺莺歌》。"客中无赵令畤《侯鲭录》，无从知《商调蝶恋花》中张生是否已具名字[12]。否则宋时当尚有小说或曲子，字张为君瑞者。漫识于此，俟有书时考之。

《周秦行纪》[13]余所见凡三本。一在《广记》卷四百八十九；一在《顾氏文房小说》中，末一行云"宋本校行"；一附于《李卫公外集》[14]内，是明刊本。后二本较佳，即据以互校转写，并从《广记》补正数字。三本皆题牛僧孺[15]撰。僧孺，字思黯，本陇西狄道人，居宛叶间。元和初，以贤良方正对策第一，条指失政，鲠讦不避权贵，因不得意。后渐仕至御史中丞，以户部侍郎同中书门下平章事。又累贬为循州长史。宣宗立，乃召还，为太子少师。大中二年，年六十九卒，赠太尉，谥文简。两《唐书》(旧一七二新一七四)皆有传。僧孺性坚僻，与李德裕[16]交恶，各立门户，终生不解。又好作志怪，有《玄怪录》十卷,今已佚,惟辑本一卷存。而《周秦行纪》则非真出僧孺手。晁公武(《郡斋读书志》十三)云:"贾黄中以为韦瓘所撰。瓘,李德裕门人,以此诬僧孺"者也。[17]案是时有两韦瓘,皆尝为中书舍人。一年十九入关,应进士举,二十一进士状头,榜下除左拾遗,大中初任廉察桂林,寻除主客员司。见莫休符《桂林风土记》[18]。一字茂宏,京兆万年人,韦夏卿弟正卿[19]之子也。"及进士第,仕累中书舍人。与李德裕善。……李宗闵恶之,德裕罢,贬为明州长史。"见《新唐书》(一六二)《夏卿传》,则为作《周秦行纪》者。[20]胡应麟(《笔丛》三十二)云:"中有'沈婆儿作天子'等语,所为根蒂者不浅。独怪思黯罹此巨谤,不亟自明,何也?牛李二党曲直,大都鲁卫间。牛撰《玄怪》等录,亡只词搆李,李之徒顾作此以危之。于戏,二子者,用心覩矣!牛迄功名终,而子孙累叶贵盛。李挟高世之才,振代之绩,卒沦海岛,非忌刻忮害之报耶?辄因是书,播告夫世之工潛慝者。"乞灵于果报,殊未足以餍心。然观李德裕所作《周秦行纪论》,至欲持此一文,致僧孺于族灭,则其阴谲险狠,可畏实甚。弃之者众,固其宜矣。论犹在集(外集四)中,迻录于后:

言发于中,情见乎辞。则言辞者,志气之来也。故察其言而知其内,觇其辞而见其意矣。余尝闻太牢氏(凉国李公尝呼牛僧孺为太牢。凉公名不便,故不书。)好奇怪其身,险易其行。以其姓应国家受命之谶,曰:"首尾三麟六十年,两角犊子恣狂颠,龙蛇相斗血成川。"及见著《玄怪录》,多造隐语,人不可解。其或能晓一二者，必附会焉。纵司马取魏之渐，用田常有齐之由。故自卑秩，至于宰相，而朋党若山，不可动摇。欲有意摆撼者，皆遭诬坐，莫不侧目结舌，事具史官刘轲《日历》。余得太牢《周秦行纪》，反覆覩其太牢以身与帝王后妃冥遇，欲证其身非人臣相也，将有意于"狂颠"。及至戏德宗为"沈婆儿"，以代宗皇后为"沈婆"，令人骨战。可谓无礼于其君甚矣！怀异志于图谶明矣！余少服臧文仲之言曰："见无礼于其君者，如鹰鹯之逐鸟雀也。"故贮太牢已久。前知政事，欲正刑书，力未胜而罢。余读国史，见开元中，御史汝南子谅弹奏牛仙客，以其姓符图谶。虽似是，而未合"三麟六十"之数。自裴晋国与余凉国（名不便）彭原（程）赵郡（绅）诸从兄，嫉太牢如仇，颇类余志。非怀私忿，盖恶其应谶也。太牢作镇襄州日，判復州刺史乐坤《贺武宗监国状》曰："闲事不足为贺。"则恃姓敢如此耶！会余复知政事，将欲发觉，未有由。值平昭义，得与刘从谏交结书，因窜逐之。嗟乎，为人臣阴怀逆节，不独人得诛之，鬼得诛矣。凡与太牢胶固，未尝不是薄流无赖辈，以相表里。意太牢有望，而就佐命焉，斯亦信符命之致。或以中外罪余于太牢爱憎，故明此论，庶乎知余志。所恨未暇族之，而余又罢。岂非王者不死乎？遗祸胎于国，亦余大罪也。倘同余志，继而为政，宜为君除患。历既有数，意非偶然，若不在当代，必在于子孙。须以太牢少长,咸置于法,则刑罚中而社稷安,无患于二百四十年后。嘻!余致君之道,分隔于明时。嫉恶之心,敢辜于早岁?因援毫而摅宿愤。亦书《行纪》之迹于后。

论中所举刘轲[21],亦李德裕党。《日历》具称《牛羊日历》,牛羊,谓牛僧孺杨虞卿[22]也,甚毁此二人。书久佚,今有辑本,缪荃荪刻之《藕香零拾》[23]中。又有皇甫松[24],著《续牛羊日历》,亦久佚。《资治通鉴考异》(卷二十)引一则,于《周秦行纪》外,且痛诋其家世,今节录之:

> 太牢早孤。母周氏,冶荡无检。乡里云:"兄弟羞报,乃令改醮。"既与前夫义绝矣,及贵,请以出母追赠。《礼》云:"庶氏之母死,何为哭于孔氏之庙乎?"又曰:"不为伋也妻者,是不为白也母。"而李清心妻配牛幼简,是夏侯铭所谓"魂而有知,前夫不纳于幽壤,殁而可作,后夫必诉于玄穹。"使其母为失行无适从之鬼,上罔圣朝,下欺先父,得曰忠孝智识者乎?作《周秦行纪》,呼德宗为"沈婆儿",谓睿真皇太后为"沈婆"。此乃无君甚矣!

盖李之攻牛,要领在姓应图谶[25],心非人臣,而《周秦行纪》之称德宗为"沈婆儿",尤所以证成其罪。故李德裕既附之论后,皇甫松《续历》亦严斥之。今李氏《穷愁志》虽尚存(《李文饶外集》卷一至四,即此),读者盖寡;牛氏《玄怪录》亦早佚,仅得后人为之辑存。独此篇乃屡刻于丛书中,使世间由是更知僧孺名氏。时世既迁,怨亲俱泯,后之结果,盖往往

125

非当时所及料也。

李贺《歌诗编》[26]（一）有《送沈亚之歌》[27]，序言元和七年送其下第归吴江，故诗谓"吴兴才人怨春风，桃花满陌千里红，紫丝竹断骢马小，家住钱塘东复东。"中复云"春卿拾才白日下，掷置黄金解龙马，携笈归江重入门，劳劳谁是怜君者"也。然《唐书》已不详亚之行事，仅于《文苑传序》[28]一举其名。幸《沈下贤集》迄今尚存，并考宋计有功《唐诗纪事》[29]，元辛文房《唐才子传》[30]，犹能知其概略。亚之字下贤，吴兴人。元和十年，进士及第，历殿中侍御史内供奉。太和初，为德州行营使者柏耆[31]判官。耆贬，亚之亦谪南康尉；终郢州掾。其集本九卷，今有十二卷，盖后人所加。中有传奇三篇。亦并见《太平广记》，皆注云出《异闻集》，字句往往与集不同。今者据本集录之。

《湘中怨辞》[32]出《沈下贤集》卷二。《广记》在二百九十八，题曰《太学郑生》，无序及篇末"元和十三年"以下三十六字。文句亦大有异，殆陈翰编《异闻集》时之所删改欤。然大抵本集为胜。其"遂我"作"逐我"，则似《广记》佳。惟亚之好作涩体，今亦无以决之。故异同虽多，悉不复道。

《异梦录》[33]见集卷四。唐谷神子已取以入《博异志》[34]。《广记》则在二百八十二，题曰《邢凤》，较集本少二十余字，王炎作王生。炎为王播弟[35]，亦能诗，不测《异闻集》何为没其名也。《沈下贤集》今有长沙叶氏观古堂[36]刻本，及上海涵芬楼[37]影印本。二十年前则甚希觏。余所见者为影钞小草斋[38]本，既录其传奇三篇，又以丁氏八千卷楼[39]钞本校改数字。同是十二卷本《沈集》,而字句复颇有异同,莫知孰是。如王炎诗"择水葬金钗",惟小草斋本如此,他本皆作"择土"。顾亦难遽定"择水"为误。此类甚多,今亦不备举。印本已渐广行,易于人手,求详者自可就原书比勘耳。

梦中见舞弓弯,亦见于唐时他种小说。段成式《酉阳杂俎》[40](十四)云:"元和初,有一士人,失姓字,因醉卧厅中。及醒,见古屏上妇人等悉于床前踏歌。歌曰:'长安女儿踏春阳,无处春阳不断肠。舞袖弓腰浑忘却,蛾眉空带九秋霜。'其中双鬟者问曰:'如何是弓腰?'歌者笑曰:'汝不见我作弓腰乎?'乃反首,髻及地,腰势如规焉。士人惊惧,因叱之。忽然上屏,亦无其他。"其歌与《异梦录》者略同,盖即由此曼衍。宋乐史撰《杨太真外传》[41],卷上注中记杨国忠[42]卧觇屏上诸女下床自称名,且歌舞。其中有"楚宫弓腰",则又由《酉阳杂俎》所记而传讹。凡小说流传,大率渐广渐变,而推究本始,其实一也。

《秦梦记》[43]见集卷二,及《广记》二百八十二,题曰《沈亚之》,异同不多。"击髏舞"当作"击髆舞","追酒"当作"置酒",各本俱误。"如今日"之"今"字,疑衍,[44]小草斋本有,他本俱无。

《无双传》[45]出《广记》四百八十六,注云薛调撰。[46]调,河中宝鼎人,美姿貌,人号为"生菩萨"。咸通十一年,以户部员外郎加驾部郎中,充翰林承旨学士,次年,加知制诰。郭妃悦其貌,谓懿宗曰:"驸马盍若薛调乎。"顷之,暴卒,年四

127

十三,时咸通十三年二月二十六日也。世以为中鸩云(见《新唐书》《宰相世系表》,《翰苑群书》及《唐语林》四[47])。胡应麟(《笔丛》四十一)云:"王仙客……事大奇而不情,盖润饰之过。或乌有。无是类,不可知。"案范摅《云溪友议》[48](上)载"有崔郊秀才者,寓居于汉上,蕴精文艺,而物产罄悬。亡何,与姑婢通,每有阮咸之从。其婢端丽,饶彼音律之能,汉南之最也。姑鬻婢于连帅。帅爱之,以类无双,给钱四十万,宠盻弥深。郊思慕不已,即强亲府署,愿一见焉。其婢因寒食来从事冢,值郊立于柳阴,马上连泣,誓若山河。崔生赠以诗曰:'公子王孙逐后尘,绿珠垂泪滴罗巾。侯门一入深如海,从此萧郎是路人。'"诗闻于帅,遂以归崔。无双下原有注云:"即薛太保之爱妾,至今图画观之。"然则无双不但实有,且当时已极艳传。疑其事之前半,或与崔郊姑婢相类;调特改薛太尉[49]家为禁中,以隐约其辞。后半则颇有增饰,稍乖事理矣。明陆采尝拈以作《明珠记》[50]。

柳珵《上清传》[51]见《资治通鉴考异》卷十九。司马光驳之云:"信如此说,则参为人所劫,德宗岂得反云'蓄养侠刺'。况陆贽贤相,安肯为此。就使欲陷参,其术固多,岂肯为此儿戏。全不近人情。"亦见于《太平广记》卷二百七十五,题曰《上清》,注云出《异闻集》。"相国窦公"作"丞相窦参",后凡"窦公"皆只作一"窦"字;"隶名掖庭"下有"且久"二字;"怒陆贽"上有"至是大悟因"五字;"这"作"老";"恣行媒蘖"下有"乘间攻之"四字;"特敕"下有"削"字。余尚有小小异同,今不备举。此篇本与《刘幽求传》同附《常侍言旨》之后[52]。《言旨》亦珵作,《郡斋读书志》(十三)云,记其世父柳芳所谈。芳,蒲州河东人;子登、冕;登子璟,见《新唐书》(一三二)[53]。珵盖璟之从兄弟行矣。

《杨娼传》[54]出《广记》四百九十一,原题房千里撰。千里字鹄举,河南人,见《新唐书》《宰相世系表》。《艺文志》有房千里《南方异物志》一卷,《投荒杂录》一卷[55],注云:"太和初进士第,高州刺史。"是其所终官也。此篇记叙简率,殊不似作意为传奇。《云溪友议》(上)又有《南海非》一篇,谓房千里博士初上第,游岭徼。有进士韦滂自南海致赵氏为千里妾。千里倦游归京,暂为南北之别。过襄州遇许浑[56],托以赵氏。浑至,拟给以薪粟,则赵已从韦秀才矣。因以诗报房,云:"春风白马紫丝缰,正值蚕眠未采桑。五夜有心随暮雨,百年无节待秋霜。重寻绣带朱藤合,却认罗裙碧草长。为报西游减离恨,阮郎才去嫁刘郎。"房闻,哀恸几绝云云。此传或即作于得报之后,聊以寄慨者欤。然韦縠《才调集》[57](十)又以浑诗为无名氏作,题云:"客有新丰馆题怨别之词,因诘传吏,尽得其实,偶作四韵嘲之。"

《飞烟传》出《说郛》卷三十三所录之《三水小牍》[58],皇甫枚撰。亦见于《广记》四百九十一,飞烟作非烟。《三水小牍》本三卷,见《宋史》《艺文志》及《直斋书录解题》。今止存二卷,刻于卢氏《抱经堂丛书》及缪氏《云自在龛丛书》中[59]。就书中可考见者,枚字遵美,安定人。三水,安定属邑也[60]。咸通末,为汝州鲁山令;光启中,僖宗在梁州,赴调行在。明姚咨[61]跋云:"天祐庚午岁,旅食汾晋,为此书。"今书中不言及此,殆出于枚之自序,而今失之。缪氏刻本有逸文一卷,收《非烟传》,然仅据《广记》所引,与《说郛》本小有异同,且无篇末一百十余字。《广记》不云出于何书,盖尝单行也,故仍录之。

《虬髯客传》[62]据明《顾氏文房小说》录,校以《广记》百九十三所引《虬髯传》,互有详略,异同,今补正二十余字。杜光庭字宾至,处州缙云人[63]。先学道于天台山,仕唐为内供奉。避乱入蜀,事王建[64],为金紫光禄大夫,谏议大夫,赐号广成先生。后主[65]立,以为传真天师,崇真馆大学士。后解官,隐青城山,号东瀛子。年八十五卒。著书甚多,有《谏书》一百卷,《历代忠谏书》五卷,《道德经广圣义疏》三十卷,《录异记》十卷,《广成集》一百卷,《壶中集》三卷。此外言道教仪则,应验,及仙人,灵境者尚二十余种,八十余卷。今惟《录异记》流传。光庭尝作《王氏神仙传》一卷,以悦蜀主。而此篇则以窥觎神器为大戒[66],殆尚是仕唐时所为。《宋史》《艺文志》小说类著录作"《虬髯客传》一卷"。宋程大昌《考古编》[67](九)亦有题《虬须传》者一则,云:"李靖在隋,常言高祖终不为人臣。故高祖入京师,收靖,欲杀之。太宗救解,得不死。高祖收靖,史不言所以,盖讳之也。《虬须传》言靖得虬须客资助,遂以家力佐太宗起事。此文士滑稽,而人不察耳。又杜诗言'虬须似太宗'。小说亦辨人言太宗虬须,须可挂角弓。是虬须乃太宗矣。而谓虬须授靖以资,使佐太宗,可见其为戏语也。"髯皆作须。今为虬髯者,盖后来所改。惟高祖之所以收靖,则当时史实未尝讳言。《通鉴考异》(八)云:

"柳芳《唐历》及《唐书》《靖传》云：'高祖击突厥于塞外。靖察高祖，知有四方之志。因自锁上变，将诣江都，至长安，道塞不通而止。'案太宗谋起兵，高祖尚未知；知之，犹不从。当击突厥之时，未有异志，靖何从察知之？又上变当乘驿取疾，何为自锁也？今依《靖行状》云：'昔在隋朝，曾经忤旨。及兹城陷，高祖追责旧言，公忼慨直论，特蒙宥释。'"柳芳唐人，记上变之嫌[68]，即知城陷见收之故矣。然史实常晦，小说辄传，《虬髯客传》亦同此例，仍为人所乐道，至绘为图，称曰"三侠"。取以作曲者，则明张凤翼张太和皆有《红拂记》[69]，凌初成有《虬髯翁》[70]。

右第四分

* * *

〔1〕 "元和体" 《旧唐书·元稹传》：元稹"与太原白居易友善。工为诗，善状咏风态物色，当时言诗者称元白焉。自衣冠士子，至闾阎下俚，悉传讽之，号为'元和体'。"元和(806—820)，唐宪宗年号。

〔2〕《莺莺传》 传奇篇名，元稹作。写张生与崔莺莺的恋爱故事。

〔3〕 杨巨源(755—?) 字景山，唐代蒲州(今山西永济)人，元稹诗友。贞元进士，官至国子司业。《莺莺传》中引有他写的《崔娘诗》一首。李绅，《全唐诗》卷四八三收有他所写《莺莺歌》篇首八句，又题《东飞伯劳西飞燕歌，为莺莺作》。其他逸句，见引于董解元《弦索西厢》。

〔4〕 赵令畤 字德麟，号聊复翁，宋朝宗室。从高宗南渡，袭封

安定郡王。《侯鲭录》,笔记集,八卷。杂记故实艺文。卷五对《莺莺传》考辨颇详,并录有自撰《商调蝶恋花鼓子词》,以说唱形式咏《莺莺传》故事。

〔5〕 王实甫　字德信,一说名德信,大都(今北京)人,元代戏曲作家。生活于成宗元贞、大德(1295—1307)年间。所著《西厢记》,又称《北西厢》,杂剧剧本,五本二十一折。情节较董解元《弦索西厢》有更大发展。剧中张生名张君瑞。

〔6〕 关汉卿(约1220—约1300)　号已斋叟,大都(今北京)人,元代戏曲作家。据传曾为太医院尹,晚年居杭州。作有杂剧《窦娥冤》、《赵盼儿》等。《续西厢记》,明清时,有人以为王实甫《西厢记》第五本"张君瑞庆团圆"为关汉卿所续。

〔7〕 李日华　字实甫,吴县(今属江苏苏州)人,明代戏曲作家。生活于正德、嘉靖年间。《南西厢记》,实为明代海盐人崔时佩所撰,李日华增补,二卷。此剧将王实甫《北西厢》翻为南曲,内容基本相同。

〔8〕 陆采(1497—1537)　原名灼,字子玄,号天池叟,长洲(今属江苏苏州)人,明代戏曲作家。诸生。他以为李日华所作"气脉未贯",于是另撰《南西厢记》二卷。

〔9〕 周公鲁　字公望,昆山(今属江苏)人,明代戏曲作家。《翻西厢记》,一名《锦西厢》,传奇剧本,二卷。此剧截去《北西厢》"草桥惊梦"以后数折,翻出红娘代莺莺与郑恒完姻,崔、张之间又经一番周折,方得团圆等情节。

〔10〕 查继佐(1601—1676)　字伊璜,明末清初海宁(今属浙江)人。崇祯举人,南明时曾官兵部职方主事,后归里讲学。所著《续西厢》,一卷,《曲海总目提要》注为"传奇"。除增添张君瑞以崔莺莺所赠诗应制的情节外,其他内容基本与关汉卿续本相同。

〔11〕 刘氏暖红室 刘氏,指刘世珩,清末民初安徽贵池人。暖红室为其室名。刘氏选刊的《暖红室汇刻传奇》,包括元、明、清杂剧、传奇和戏曲论著,共六十余种,1917年合刊时为五十九种。

〔12〕 按《商调蝶恋花》中的张生未具张君瑞名字。

〔13〕 《周秦行纪》 传奇篇名,写牛僧孺于唐德宗贞元中落第回乡,夜晚迷路,宿一大宅中,与汉文帝母薄太后、汉元帝妃王嫱及杨贵妃等聚会赋诗的故事。文中对于德宗及其母沈太后有不敬之语。署牛僧孺撰,实为牛之政敌李德裕门人所托名,意在诬陷牛僧孺。

〔14〕 《李卫公外集》 又称《穷愁志》,四卷。按李德裕《会昌一品集》,一名《李卫公文集》,除外集外,还有正集二十卷、别集十卷。

〔15〕 牛僧孺(779—847) 唐代陇西狄道(今甘肃临洮)人,一说安定鹑觚(今甘肃灵台)人,居宛叶间(今河南南阳、叶县一带)。他在中唐时牛、李党争中与李宗闵同为牛党首领。

〔16〕 李德裕(787—850) 字文饶,唐代赵郡(治今河北赵县)人。武宗时任宰相,后封卫国公。他是牛、李党争中李党的首领。

〔17〕 晁公武所述贾黄泊语,见宋代张洎《贾氏谈录》:"牛奇章初与李卫公相善。尝因饮会,僧孺戏曰:'绮纨子何预斯坐。'卫公衔之。后卫公再居相位,僧孺卒遭谴逐。世传《周秦行纪》,非僧孺所作,是德裕门人韦瓘所撰。"按牛僧孺曾封奇章郡公。

〔18〕 莫休符 唐末人,昭宗时官融州刺史兼御史大夫。《桂林风土记》,原书三卷,现存一卷。除叙述风土人情物产外,还收有一些他书所未见的唐诗。

〔19〕 韦正卿 唐代京兆万年(今陕西西安)人。代宗大历年间,与其兄韦夏卿同举"贤良方正"。

〔20〕 关于韦正卿之子韦瓘,《新唐书·韦夏卿传》又云:"德裕任

133

宰相,罕接士,唯瓘往请无间也。""会昌末,累迁楚州刺史,终桂管观察使。"

〔21〕刘轲 字希仁,唐代沛(今江苏沛县)人。天宝末年流落韶右(今广东曲江一带)。早年为僧,元和十三年(818)登进士第,曾任史官,官终洺州刺史。《牛羊日历》,《新唐书·艺文志》入小说家,一卷。注云:"牛僧孺、杨虞卿事。檀鸾子皇甫松序。"胡应麟《少室山房笔丛·四部正讹》:"《牛羊日历》,诸家悉以为刘轲撰。……案轲本浮屠,中岁慕孟轲为人,遂长发,以文鸣一时。即纪载时事,命名讵应乃尔?必赞皇之党,且恶轲者为之也。案《通鉴注》引作皇甫松,松有恨僧孺见传,或当近之。"按"赞皇"指李德裕,他于文宗时受封赞皇县伯。

〔22〕杨虞卿 字师皋,唐代虢州弘农(今河南灵宝)人。宪宗元和进士,曾官至监察御史。牛党重要人物之一。

〔23〕《藕香零拾》 丛书,清代缪荃孙辑,共收三十九种,一〇二卷。刊于清代光绪末年。按该书所收系《续牛羊日历》。《牛羊日历》见收于宋代晁载之《续谈助》卷三。

〔24〕皇甫松 字子奇,睦州新安(今浙江淳安)人,唐代词人。五代王定保《唐摭言》卷十:"或曰松,奇章表甥,然公斥不荐,因襄阳大水,遂为《大水变》,极言诽谤。"

〔25〕姓应图谶 除《周秦行纪论》所引谶语外,宋代孙光宪《北梦琐言》卷十六"木星入斗"条又说:唐乾符中,木星入南斗,术士边冈以为"帝王之兆"。"识者唐世常有绯衣谶,或曰将来幸运,或姓裴,或姓牛,以为裴字为绯衣,牛字著人即朱也。所以裴晋公(度)及牛相国僧孺,每罹此谤。李卫公斥《周秦行纪》乃斯事也"。

〔26〕李贺(791—816) 字长吉,河南福昌(今河南宜阳)人,中唐诗人。曾官奉礼郎。《歌诗编》,即《李贺歌诗编》,四卷,外集一卷。

〔27〕 沈亚之(781—832) 吴兴(今属浙江)人,中唐作家。所著《沈下贤集》,共十二卷,其中诗赋一卷,文十一卷。下文说集中"有传奇三篇",指《湘中怨辞》、《异梦录》和《秦梦记》。

〔28〕 应为《新唐书》《文艺传》,其序称:"今但取以文自名者,为《文艺》篇。若韦应物、沈亚之、阎防、祖咏、蒋能、郑谷等,其类尚多,皆班班有文在人间。史家逸其行事,故弗得述云。"

〔29〕 计有功 字敏夫,宋代临邛(今四川邛崃)人。徽宗宣和进士,南宋时曾知简州、嘉州。所著《唐诗纪事》,八十一卷。载录唐代一一五〇名诗人的作品本事及有关诗篇。

〔30〕 辛文房 字良史,元代西域(今新疆一带)人。所著《唐才子传》,十卷,收唐代诗人三九八人的评传。

〔31〕 柏耆 唐代魏州(治今河北大名)人。文宗太和初官至谏议大夫。太和三年(829),横海节度使李祐讨伐叛将李同捷,他奉诏宣慰德州行营。后被参劾,贬循州司户,其判官沈亚之同时被贬为虔州南康尉。

〔32〕《湘中怨辞》 传奇篇名,写太学进士郑生与蛟宫龙女汜人恋爱的故事。

〔33〕《异梦录》 传奇篇名,写邢凤梦观古装美人"弓弯舞"及王炎梦为吴王作西施挽歌的故事。

〔34〕 谷神子 即郑还古,号谷神子,唐代荥阳(今属河南)人。宪宗元和进士,官河北从事,后贬吉州掾。《博异志》,又名《博异记》,笔记小说集,一卷。

〔35〕 王炎 字逢时,唐代太原(今属山西)人。贞元十五年(799)登进士第,官至太常博士。王播(759—830),字明敭,王炎之兄。官至尚书左仆射,同平章事。

135

〔36〕 叶氏观古堂 叶德辉(1864—1927),字奂彬,湖南长沙人。藏书家。光绪十八年进士,曾任吏部主事。室名观古堂,刻书多种。

〔37〕 涵芬楼 上海商务印书馆藏书楼,清代光绪末年创立,收藏善本秘籍多种。1924年移入东方图书馆。1932年"一·二八"战争中为日本侵略军焚毁。

〔38〕 小草斋 明代文学家谢肇淛书室名。谢氏著有《五杂俎》等。

〔39〕 丁氏八千卷楼 又名"嘉惠堂",清代钱塘(今浙江杭州)丁申(？—1880)、丁丙(1832—1899)兄弟继祖父丁国典而重建的藏书楼。分三部分:八千卷楼,藏四库著录书;小八千卷楼,藏善本书;后八千卷楼,藏四库未收书。

〔40〕 段成式(约803—863) 字柯古,齐州临淄(今山东淄博)人,唐代文学家。官秘书省校书郎、太常少卿等。《酉阳杂俎》,笔记小说集,二十卷,又续集十卷。

〔41〕 《杨太真外传》 参看本篇第七分。

〔42〕 杨国忠(？—756) 唐代蒲州永乐(今山西永济)人。以堂妹杨贵妃关系,为玄宗宠幸,官至宰相。安史之乱,随玄宗奔蜀,在马嵬坡被军士处死。

〔43〕 《秦梦记》 传奇篇名,沈亚之在篇中自述梦入秦国,娶秦穆公之女弄玉为妻的故事。

〔44〕 关于《秦梦记》的异文,《秦梦记》写沈亚之将别秦穆公,受命作歌,首句为"击體舞,恨满烟光无处所"。而上文有"将去,公追酒高会,声秦声,舞秦舞,舞者击髇拊髀鸣鸣"等语,故"击體"当为"击髇"之误。《太平广记》即作"击髇"。又写沈亚之对秦穆公说:"臣不忘君恩,如今日。"《太平广记》作"如日",较合于立誓的口吻。

〔45〕《无双传》 传奇篇名,写刘无双与表兄王仙客幼年相亲,后无双因父罪没入宫廷,得押衙古洪用奇术救出,与仙客成婚的故事。

〔46〕 薛调(829—872) 唐代河中宝鼎(今山西万荣)人,婺州刺史薛膺之子,河东郡公薛苹之孙。曾官户部员外郎、翰林学士。

〔47〕《翰苑群书》 十二卷,宋代洪遵编。共收唐代李肇《翰林志》、宋代李昉《禁林宴会集》和洪遵本人《翰苑遗事》等记述唐、宋两代翰林学士姓名及翰林院掌故的史籍十二种。《唐语林》,笔记集,宋代王谠著。原书久佚,今本从《永乐大典》辑出,八卷。

〔48〕 范摅 自号五云溪人,唐代苏州吴(今江苏苏州)人,生活于懿宗、僖宗年间。《云溪友议》,笔记集,三卷。多载有关中晚唐诗人及诗歌的资料。

〔49〕 薛太尉 疑为上文"薛太保"之误。

〔50〕《明珠记》 传奇剧本,二卷,明代陆采与其兄陆粲合撰。明代吕天成《曲品》称其"本《无双》而作记,借明珠以联情"。

〔51〕《上清传》 传奇篇名,写窦参被陆贽以"蓄养侠刺"等罪名构陷致死,其宠婢上清为之申冤的故事。窦参(733—792),字时中,扶风平陵(今陕西咸阳)人。唐德宗时任宰相,与陆贽不和,后被贬,死于邕州。陆贽(754—805),字敬舆,苏州嘉兴(今属浙江)人。德宗时官至中书侍郎同平章事。

〔52〕《常侍言旨》 笔记集,唐代柳珵著,记开元、天宝年间宫廷异闻。晁公武《郡斋读书志》卷三著录:"《常侍言旨》,一卷,右唐柳珵记其世父登所著,六章。《上清》、《刘幽求》二传附。"今传本中无《刘幽求传》及《上清传》。

〔53〕 柳芳 字仲敷,唐代河东(今山西永济)人,开元进士,官集贤学士。其子柳登,字成伯,官大理少卿;柳冕,字敬叔,官福建观察使。

柳登子柳璟,字德辉,官礼部侍郎。

〔54〕《杨娼传》 传奇篇名,写某武官宠爱杨姓歌女,因妻妒,气愤而亡,歌女亦以死殉的故事。

〔55〕 房千里 字鹄举,唐代河南(治今河南洛阳)人。文宗大和进士,官国子博士、高州刺史。所著《南方异物志》、《投荒杂录》,《新唐书·艺文志》分别著录于史部"地理类"和"杂传记类"。

〔56〕 许浑 字用晦,一字仲晦,润州丹阳(今属江苏)人,唐代诗人。文宗太和进士,官至睦、鄂二州刺史。著有《丁卯集》。

〔57〕 韦縠 五代前蜀人,仕后蜀官至监察御史。所编《才调集》为唐诗选集,共十卷。上文所引诗,《才调集》列为"无名氏三十七首"之二十二;《全唐诗》卷五三六收为许浑诗,题作《寄房千里博士》,注云:"一作《途经敷水》,一作《客有新丰馆题怨别之词,因诘传吏,尽得其实,偶作四韵嘲之》。"

〔58〕《飞烟传》 传奇篇名,明钞原本《说郛》作《步飞烟》。写武公业之妾步飞烟与邻人赵象爱恋,被公业鞭挞,至死不悔的故事。《三水小牍》,传奇小说集,唐代皇甫枚著。"枚"或写作"牧"。

〔59〕 卢氏《抱经堂丛书》 卢文弨(1717—1796),字绍弓,号抱经,清代浙江杭州人。乾隆十七年进士,官至侍读学士,后乞归讲学。所刻《抱经堂丛书》共十七种。《云自在龛丛书》,清光绪中缪荃孙编刻,共三十六种。所收《三水小牍》较卢文弨刊本多逸文十二篇,中有《非烟传》,题作《步飞烟》。

〔60〕 三水 汉代安定郡属县,在今宁夏固原。唐代邠州新平郡有三水县,在今陕西旬邑。

〔61〕 姚咨 字舜咨,号茶梦主人,明代无锡(今属江苏)人。喜藏书,著有《潜坤集》、《春秋名臣传》。嘉靖三十三年(1554)他抄得杨

氏所藏《三水小牍》二卷,并作跋,后由秦汴刊行。卢氏抱经堂本即源于此本。

〔62〕《虬髯客传》 传奇篇名,唐末杜光庭作。写隋末杨素侍妓红拂私奔李靖,后靖与侠士虬髯客在太原同访李世民,虬髯客知世民必为"天子",于是远走海外,另取扶餘国为国主。

〔63〕 杜光庭(850—933) 处州缙云(今属浙江)人。唐懿宗时应试不第,入天台山为道士。僖宗避黄巢入蜀,他被召充麟德殿文章应制。王建时留蜀任职。

〔64〕 王建(847—918) 字光图,许州舞阳(今属河南)人。五代时前蜀国的建立者,903年至918年在位。

〔65〕 后主 指王建之子王衍。

〔66〕 以窥觎神器为大戒 指《虬髯客传》中虬髯客退避李世民的情节及篇末议论:"乃知真人之兴也,非英雄所冀,况非英雄乎!人臣之谬思乱者,乃螳臂之拒走轮耳。"神器,指天下,后转指帝位。《老子》:"天下神器,不可为也。"

〔67〕 程大昌(1123—1195) 字泰之,南宋休宁(今属安徽)人。高宗绍兴进士,官吏部尚书,终龙图阁学士。著有《易原》、《雍录》等。所著《考古编》,十卷,杂论经义异同及考订史事。

〔68〕 上变之嫌 此事又见唐代刘餗《隋唐嘉话》卷上:"隋大业中,卫公上书,言高祖终不为人臣,请速除之。及京师平,靖与骨仪、卫文昇等俱收。卫、骨既死,太宗虑囚,见靖与语,因请于高祖而免之。"《新唐书·李靖传》:"高祖击突厥,靖察有非常志,自囚上急变,传送江都,至长安,道梗。高祖已定京师,将斩之,靖呼曰:'公起兵为天下除暴乱,欲就大事,以私怨杀谊士乎?'秦王亦为请,得释。"高祖,指唐高祖李渊;秦王,指唐太宗李世民;卫公,指李靖。

139

〔69〕 张凤翼(1527—1613) 字伯起,号灵墟,长洲(今属江苏苏州)人,明代戏曲作家。嘉靖举人。撰有传奇剧本九种,现存《红拂记》(二卷)等五种。张太和,字幼于,号屏山,浙江钱塘(今属杭州)人,明代戏曲作家。撰有传奇剧本《红拂记》,今无传本。

〔70〕 凌初成《虬髯翁》 杂剧剧本,一卷。演《虬髯客传》故事,以虬髯客为主角。按凌氏又有杂剧《莽择配》,或名《北红拂》,亦演同一故事而以红拂为主角;《蓦忽姻缘》,三传《虬髯客》故事,以李靖为主角,此剧未见传本。

《冥音录》[1]出《广记》四百八十九。中称李德裕为"故相",则大中或咸通后作也。《唐人说荟》题朱庆馀[2]撰,非。

《东阳夜怪录》[3]出《广记》四百九十。叙王洙述其所闻于成自虚,夜中遇精魅,以隐语相酬答事。《唐人说荟》即题洙作,非也。郑振铎(《中国短篇小说集》)[4]云:"所叙情节,类似牛僧孺的《元无有》,也许这两篇是同出一源的。"案《元无有》本在《玄怪录》中,全书已佚。此条《广记》三百六十九引之:

> 宝应中,有元无有,常以仲春末独行维扬郊野。值日晚,风雨大至。时兵荒后,人户多逃。遂入路旁空庄。须臾霁止,斜月方出。无有坐北窗,忽闻西廊有行人声。未几,见月中有四人,衣冠皆异,相与谈谐吟咏甚畅。乃云:"今夕如秋,风月若此,吾辈岂不为一言以展平生之事也?"其一人即曰云云。吟咏既朗,无有听之具悉。其一衣冠长人,即先吟曰:

"齐纨鲁缟如霜雪,寥亮高声予所发。"其二黑衣冠短陋人,诗曰:"嘉宾良会清夜时,煌煌灯烛我能持。"其三故敝黄衣冠人,亦短陋,诗曰:"清冷之泉候朝汲,桑绠相牵常出入。"其四故黑衣冠人,诗曰:"爨薪贮泉相煎熬,充他口腹我为劳。"无有亦不以四人为异,四人亦不虞无有之在堂隍也,递相褒赏。观其自负,则虽阮嗣宗《咏怀》,亦若不能加矣。四人迟明方归旧所。无有就寻之,堂中惟有故杵,灯台,水桶,破铛。乃知四人即此物所为也。

《灵应传》[5]出《广记》四百九十二,无撰人名氏。《唐人说荟》以为于逖[6]作,亦非。传在记龙女之贞淑,郑承符之智勇,而亦取李朝威《柳毅传》中事[7],盖受其影响,又稍变易之。泾原节度使周宝[8]字上珪,平州卢龙人。在镇务耕力,聚粮二十万石,号良将。黄巢据宣歙[9],乃徙宝镇海军节度使,兼南面招讨使。后为钱镠[10]所杀。《新唐书》(一八六)有传。

右第五分

* * *

〔1〕《冥音录》 传奇篇名,作者不详。写崔氏姊妹得其姨母鬼魂传授筝曲的故事。

〔2〕朱庆餘 名可久,字庆餘,唐代越州(治今浙江绍兴)人。敬宗宝历二年(826)进士,官秘书省校书郎,有《朱庆餘集》。按陶珽刻本《说郛》始题《冥音录》为朱庆餘所作,《唐人说荟》沿误。

141

〔3〕《东阳夜怪录》 传奇篇名,作者不详。写进士王洙转述成自虚夜遇骆驼、老鸡、破瓠、旧笠等精怪,赋诗酬答的故事。精怪诗中多用隐语自示身份。

〔4〕 郑振铎(1898—1958) 笔名西谛,福建长乐人,作家、文学史家。曾任燕京、暨南等大学教授。主编《小说月报》、《文学》等刊物,著有《插图本中国文学史》及短篇小说集《桂公塘》等。所编《中国短篇小说集》,选录唐代至清末的短篇小说,共三集,于1927年至1928年分册出版。

〔5〕《灵应传》 传奇篇名,作者不详。写泾州节度使周宝应善女湫龙女九娘子之请,遣部将郑承符魂赴龙宫,率亡卒帮助她反抗朝那龙神为弟逼婚的故事。

〔6〕 于逖 唐代汴州浚仪(今河南开封)人。生活于天宝年间,穷老山野,终身未仕。工诗,与李白等有交游。元代辛文房《唐才子传》卷三称其为"山巅水涯,苦学贞士"。

〔7〕 取李朝威《柳毅传》中事 《灵应传》中九娘子自述身世,称洞庭君为其"外祖",又说"顷者,泾阳君与洞庭外祖世为姻戚,后以琴瑟不调,弃掷少妇,遭钱塘之一怒,伤生害稼,怀山襄陵。泾水穷鳞,寻毙外祖之牙齿"等,皆本于《柳毅传》。

〔8〕 周宝(814—887) 唐代平州卢龙(今属河北)人。曾任泾原节度使,乾符六年(879)十月徙镇海军节度使兼南面招讨使。

〔9〕 黄巢(?—884) 曹州冤句(今山东曹县)人,唐末农民起义军领袖。于乾符六年占据宣、歙(今安徽宣城、歙县一带)。

〔10〕 钱镠(852—932) 字具美,临安(今属浙江)人。唐僖宗乾符时官杭州刺史,受镇海军节度使节制。五代时他建立吴越国,907年至932年在位。僖宗光启三年(887),润州牙将刘浩等逐周宝,钱镠迎

周宝到杭州。史书或说周为钱所杀,或说周之死与钱无关(参看《资治通鉴》卷二五七"考异")。

　　《隋遗录》[1]上下卷,据原本《说郛》七十八录出,以《百川学海》[2]校之。前题唐颜师古撰。末有无名氏跋,谓会昌中,僧志彻得于瓦棺寺阁南双阁之筍笔中[3]。题《南部烟花录》,为颜公遗稿。取《隋书》校之,多隐文。后乃重编为《大业拾遗记》。原本缺落凡十七八,悉从而补之矣云云。是此书本名《南部烟花录》,既重编,乃称《大业拾遗记》。今又作《隋遗录》,跋所未言,殆复由后来传刻者所改欤。书在宋元时颇已流行,《郡斋读书志》及《通考》并著《南部烟花录》;《通志》著《大业拾遗录》;《宋史》《艺文志》史部传记类亦有颜师古《大业拾遗》一卷,子部小说类又有颜师古《隋遗录》一卷,盖同书而异名,所据凡两本也。本文与跋,词意荒率,似一手所为。而托之师古,其术与葛洪之《西京杂记》[4],谓钞自刘歆之《汉书》遗稿者正等。然才识远逊,故罅漏殊多,不待吹求,已知其伪。清《四库全书总目》(一四三)云:"王得臣《麈史》称其'极恶可疑。'姚宽《西溪丛语》亦曰:'《南部烟花录》文极俚俗。又载陈后主诗云,夕阳如有意,偏向小窗明。此乃唐人方域诗,六朝语不如此。唐《艺文志》所载《烟花录》,记幸广陵事,此本已亡,故流俗伪作此书'云云。然则此亦伪本矣。今观下卷记幸月观时与萧后夜话,有'侬家事一切已托杨素了'之语,是时素死久矣。师古岂疏谬至此乎?其中所载炀帝诸作,及虞世南赠袁宝儿作,明代辑六朝诗者,往往采掇,皆不考之过也。"

《炀帝海山记》[5]上下卷,出《青琐高议》后集卷五,先据明张梦锡刻本录,而校以董氏所刻士礼居本[6]。明钞原本《说郛》三十二卷中亦有节本一卷,并取参校。篇题下原有小注,上卷云"说炀帝宫中花木",下卷云"记炀帝后苑鸟兽"[7],皆编者所加,今削。其书盖欲侈陈炀帝奢靡之迹,如郭氏《洞冥》,苏鹗《杜阳》[8]之类,而力不逮。中有《望江南》调八阕,清《四库目》云,乃李德裕所创,段安节《乐府杂录》述其缘起甚详,[9]亦不得先于大业中有之。

《炀帝迷楼记》录自原本《说郛》三十二。明焦竑作《国史》《经籍志》,并《海山记》皆著录,盖尝单行。清《四库目》(一四三)谓"亦见《青琐高议》。……竟以迷楼为在长安,乖谬殊甚。"然《青琐高议》中实无有,殆纪昀[10]等之误也。周中孚(《郑堂读书记》)更推阐其评语,以为后称"大业九年,帝幸江都,有迷楼。"而末又云"帝幸江都,唐帝提兵号令入京,见迷楼,大惊曰:'此皆民膏血所为也!'乃命焚之。经月,火不灭。则竟以迷楼为在长安,等诸项羽之焚阿房,乖谬殊极"云[11]。

《炀帝开河记》从原本《说郛》卷四十四录出。《宋史》《艺文志》史部地理类著录一卷,注云不知作者。清《四库目》以为"词尤鄙俚,皆近于委巷之传奇,同出依托,不足道。"按唐李匡文《资暇集》[12](下)云:"俗怖婴儿曰'麻胡来!'不知其源者,以为多髯之神而验刺者,非也。隋将军麻祜,性酷虐。炀帝令开汴河,威棱既盛,至稚童望风而畏,互相恐吓曰'麻祜来!'稚童语不正,转祜为胡。"末有自注云:"麻姑庙在睢阳。郎方节度使李丕即其后。丕为重建碑。"然则叔谋虐焰,且有其实,此篇所记,固亦得之口耳之传,非尽臆造矣。惜李丕所立碑文,今未能见,否则当亦有足资参证者。至冢中诸异,乃颇似本《西京杂记》所叙广陵王刘去疾[13]发冢事,附会曼衍作之。

右四篇皆为《古今逸史》[14]所收。后三篇亦见于《古今说海》[15],不题撰人。至《唐人说荟》,乃并云韩偓[16]撰。致尧生唐末,先则颠沛危朝,后乃流离南裔,虽赋艳诗,未为稗史。所作惟《金銮密记》一卷,诗二卷,《香奁集》一卷而已[17]。且于史事,亦不至荒陋如是。此盖特里巷稍知文字者所为,真所谓街谈巷议,然得冯犹龙掇以入《隋炀艳史》[18],遂弥复纷传于世。至今世俗心目中之隋炀,殆犹是昼游西苑,夜止迷楼者也。

明钞原本《说郛》一百卷,虽多脱误,而《迷楼记》实佳。以其尚存俗字,如"你"之类,刻本则大率改为"尔"或"汝"矣。世之雅人,憎恶口语,每当纂录校刊,虽故书雅记,间亦施以改定,俾弥益雅正。宋修《唐书》,于当时恒言,亦力求简古,往往大减神情,甚或莫明本意。然此犹撰述也。重刊旧文,辄亦不赦,即就本集所收文字而言,宋本《资治通鉴考异》所引《上清传》中之"这獠奴",明清刻本《太平广记》引则俱作"老獠奴"矣;顾氏校宋本《周秦行纪》中之"屈两简娘子"及"不宜负他",《广记》引则作"屈二娘子"及"不宜负也"矣。无端自定为古人决不作俗书,拼命复古,而古意乃寝失也。

145

右第六分

* * *

〔1〕 《隋遗录》 传奇篇名,写隋炀帝游幸扬州的奢侈腐化生活。

〔2〕 《百川学海》 丛书,南宋左圭辑,共十集,一百种。收唐宋笔记、杂说、传奇等。

〔3〕 僧志彻得于瓦棺寺阁南双笼之笱笔中 瓦棺寺,东晋时所建,故址在今南京市西南。《五色线》卷下:"《〈大业拾遗记〉后序》:上元瓦棺寺阁南隅有双笼,闭之忘记岁月。会昌中,诏拆浮屠,因得笱笔百余头藏书帙中。有生白藤纸数幅,题为《南郡烟花录》,僧志彻得之。及焚释氏群经,僧人惜其香轴,争取纸尾拆去,视其轴,皆有鲁郡颜公名,题云手写是录。即前之笱笔,可举而知也。"

〔4〕 葛洪(约284—364) 字稚川,号抱朴子,东晋丹阳句容(今属江苏)人。初从郑隐学道炼丹,晚年去罗浮山修道,从事著述。著有《抱朴子》、《金匮药方》等。《西京杂记》,笔记小说集,葛洪托名西汉刘歆作,原本上、下两卷,后分为六卷。

〔5〕 《炀帝海山记》 和下文的《炀帝迷楼记》、《炀帝开河记》皆为传奇篇名,作者不详,鲁迅以为当系宋人所作。《海山记》写隋炀帝造西苑、凿五湖等事;《迷楼记》写隋炀帝起迷楼、幸美女等荒淫生活;《开河记》写麻叔谋奉炀帝命开运河,掘墓虐民等事。

〔6〕 张梦锡 字云生,明代鄞(今属浙江宁波)人,明末鲁王监国时官至御史。所刻《青琐高议》,前、后集各十卷。董氏所刻士礼居本,指董康据清代黄丕烈士礼居所藏钞本的刻印本,附有别集七卷。董康(1867—1946),字绶经,江苏武进人,清光绪年间进士。

〔7〕 这条小注,士礼居写本《青琐高议》(后集)作"记登极后事迹"。

〔8〕 郭氏《洞冥》 全名《汉武洞冥记》,四卷,记神仙怪异故事。旧题汉郭宪撰,当系六朝人所作。郭宪,字子横,汝南新郪(今安徽太和)人,东汉方士。苏鹗《杜阳》,全名《杜阳杂编》,三卷。记唐代广德元年(763)至懿宗咸通十四年(873)间的传闻异事。苏鹗,字德祥,唐代武功(今属陕西)人,僖宗光启进士。

〔9〕 《望江南》 词牌名,亦名《忆江南》,相传本名《谢秋娘》,为李德裕所创。段安节《乐府杂录》说,此调"始自朱崖李太尉镇浙西日,为亡妓谢秋娘所撰。"段安节,唐末临淄(今山东淄博)人,段成式之子,昭宗时官至朝议大夫,守国子司业。善音律,能作曲。所著《乐府杂录》,一卷。杂记开元以后有关音乐歌舞及著名艺人的故事。

〔10〕 纪昀(1724—1805) 字晓岚,清代直隶献县(今属河北)人。官至礼部尚书、协办大学士,曾任四库全书馆总纂。著有《纪文达公遗集》、《阅微草堂笔记》等。

〔11〕 周中孚(1768—1831) 字信之,别号郑堂,清代乌程(今浙江湖州)人。嘉靖时贡生,曾任奉化教谕。晚年客居上海,为李筠嘉编《慈云楼书志》,别录副本,即《郑堂读书记》,现存七十一卷。经核吴兴刘氏嘉业堂刊本卷六十三,相应文字为:"后称'大业九年,帝再幸江都,有迷楼。'末又称'帝幸江都,唐帝提兵,号令入京。见迷楼,太宗曰:"此皆民膏血所为!"乃命焚之,经月火不灭。'则竟以迷楼为在长安,等诸项羽之焚阿房。何乖缪至于此极耶!"其中所引《迷楼记》文字,与鲁迅所录本又有出入。

〔12〕 李匡文 字济翁,唐代陇西(今甘肃东部)人。唐宗室后裔,昭宗时官太子宾客、宗正少卿。所著《资暇集》,三卷。主要考证古

147

物、记述史事。按李匡文之名及其著作，《新唐书》凡四见；又见于《崇文总目》等。自袁州刊本《郡斋读书志》始讹其名为"匡乂"，《四库提要》沿误。

〔13〕 广陵王刘去疾 《西京杂记》卷六作广川王，说他喜掘墓藏。按此广川王姓刘，名"去"。"疾"字衍。《汉书·景十三王传》载：广川惠王刘越薨，子缪王刘齐继位。刘齐薨，有司奏除其国。后数月，景帝诏，"以惠王孙去为广川王。去，即缪王齐太子也。"

〔14〕 《古今逸史》 丛书，明代吴琯编。共收五十五种，分逸志、逸记两门，内有部分小说资料。

〔15〕 《古今说海》 丛书，明代陆楫等编。共一三五种，多为明代以前的小说、杂记，分说选、说渊、说略、说纂四部。

〔16〕 韩偓(844—923) 字致尧，小字冬郎，京兆万年（今陕西西安）人，晚唐诗人。官翰林学士、承旨。后因反对朱温，入闽依王审知以卒。有《韩内翰别集》。

〔17〕 《金銮密记》 《新唐书·艺文志》著录五卷，入史部"杂史"类。《香奁集》，诗集，一卷，又有三卷本。

〔18〕 冯犹龙(1574—1646) 名梦龙，长洲（今属江苏苏州）人，明代文学家。南明唐王时任寿宁知县。编著话本小说《喻世明言》、《警世通言》、《醒世恒言》三种，合称"三言"。《隋炀艳史》，明代小说，四十回。作者署齐东野人，是否即冯梦龙，未详。按冯氏《醒世恒言》中有《隋炀帝逸游召谴》一篇。

《绿珠传》一卷，出《琳琅秘室丛书》[1]。其所据为旧钞本，又以别本校之。末有胡珽跋，云："旧本无撰人名氏。案马氏《经籍考》题'宋史官乐史撰'。宋人《续谈助》亦载此传,而删节其半。后有西楼北斋跋云:'直史馆乐史,尤精地理学,故此传推考山水为详,又皆出于地志杂书者。'余谓绿珠一婢子耳,能感主恩而奋不顾身,是宜刊以风世云。咸丰三年八月,仁和胡珽识。"今再勘以《说郛》三十八所录,亦无甚异同。疑所谓旧钞本或别本者,即并从《说郛》出尔。旧校稍烦,其必改"越"为"粤"之类,尤近自扰,[2]今悉不取。

《杨太真外传》[3]二卷,取自《顾氏文房小说》。署史官乐史撰,《唐人说荟》收之,诬谬甚矣。然其误则始于陶宗仪《说郛》之题乐史为唐人。此两本外,又尝见京师图书馆所藏丁氏八千卷楼旧钞本,称为"善本",然实凡本而已,殊无佳处也。《宋史》《艺文志》史部传记类著录"曾致尧《广中台记》八十卷,又《绿珠传》一卷",颇似《传》亦曾致尧[4]作;又有"《杨妃外传》一卷",注云:"不知作者";又有"乐史《滕王外传》[5]一卷,又《李白外传》一卷,《洞仙集》一卷,《许迈传》一卷,《杨贵妃遗事》二卷,"注云:"题岷山叟上"。书法函胡,殆不可以理析。然《续谈助》一跋而外,尚有《郡斋读书志》(九,传记类)云:"《绿珠传》一卷,右皇朝乐史撰。"又"《杨贵妃外传》二卷,右皇朝乐史撰。叙唐杨妃事迹,讫孝明之崩。"而《直斋书录解题》(七,传记类)亦云:"《杨妃外传》一卷,直史馆临川乐史子正撰。"则《绿珠》《杨妃》二传,皆乐史之作甚明。《杨妃传》卷数,宋时已分合不同,今所传者盖晁氏所见二卷本也。但书名又小变耳。

乐史,抚州宜黄人,自南唐入宋,为著作佐郎,出知陵州。以献赋召为三馆编修[6],迁著作郎,直史馆。观绿珠太真二

149

传结衔,则皆此时作。后转太常博士,出知舒黄商三州,再入文馆,掌西京勘磨司[7],赐金紫。景德四年卒,年七十八。事详《宋史》(三百六)《乐黄目传》[8]首。史多所著作,在三馆时,曾献书至四百二十余卷,皆叙科第孝悌神仙之事[9]。又有《太平寰宇记》二百卷,征引群书至百余种,今尚存。盖史既博览,复长地理,故其辑述地志,即缘滥于采录,转成繁芜。而撰传奇如《绿珠》《太真》传,又不免专拾旧文,如《语林》,《世说新语》,《晋书》,《明皇杂录》,《开天传信记》,《长恨传》,《酉阳杂俎》,《安禄山事迹》等[10],稍加排比,且常拳拳于山水也。

右第七分

* * *

〔1〕 《绿珠传》 传奇篇名,宋代乐史作。写晋代豪门石崇宠妾绿珠坠楼殉主的故事。《琳琅秘室丛书》,清代胡珽辑,五集,三十六种。所收偏重掌故、说部、释道方面的书。胡珽(1822—1861),字心耘,清代仁和(今属浙江杭州)人。道光年间官太常博士。

〔2〕 改"越"为"粤"之类,尤近自扰 《绿珠传》:"绿珠者,姓梁,白州博白县人也。州则南昌郡,古越地,秦象郡,汉合浦县地。"白州,即今广西壮族自治区博白一带,属古百越居地,故"越"不必改"粤"。

〔3〕 《杨太真外传》 传奇篇名,分上、下两卷。写杨贵妃故事。

〔4〕 曾致尧(947—1012) 字正臣,宋代南丰(今属江西)人,官至户部郎中。著有《仙凫羽翼》、《广中台记》等,均佚。

〔5〕 按《宋史·艺文志》"不知"前原有"盖"字,"滕王"前原有

"唐"字。

〔6〕 献赋 乐史向宋太宗献《金明池赋》,被召为三馆编修。三馆,指史馆、昭文馆、集贤院,为宋代掌管图书、编纂国史的机构。

〔7〕 西京勘磨司 当为西京磨勘司。北宋以汴(今河南开封)为京城,以洛阳(今属河南)为西京。磨勘司,主管官吏考课升迁的官署。

〔8〕 《乐黄目传》 乐史次子黄目的本传,篇首叙乐史生平事迹。

〔9〕 在三馆时,曾献书至四百二十余卷 按《宋史·乐黄目传》载:乐史在三馆时,献《贡举事》二十卷,《登科记》三十卷,《题解》二十卷,《唐登科文选》五十卷,《孝弟录》二十卷,《续卓异记》三卷,共一四三卷。迁著作郎等官后又献《广孝传》五十卷,《总仙记》一四一卷,《广孝新书》五十卷,《上清文苑》四十卷。两次共献书四二四卷。

〔10〕 《语林》 笔记小说集,二卷,晋代裴启著。记述两汉魏晋间士大夫言谈轶事,已佚。鲁迅《古小说钩沉》中有辑本。《明皇杂录》,笔记小说集,二卷,又别录一卷,唐代郑处诲著。记唐玄宗朝杂事传说。《开天传信记》,笔记小说集,一卷,唐代郑棨著。写开元、天宝间故事,杂有神怪传说。《安禄山事迹》,小说,二卷,唐代姚汝能著。

宋刘斧秀才作《翰府名谈》二十五卷,又《摭遗》[1]二十卷,《青琐高议》十八卷,见《宋史》《艺文志》子部小说类。今惟存《青琐高议》。有明张梦锡刊本,前后集各十卷,颇难得。近董康校刊士礼居写本,亦二十卷,又有别集七卷,《宋志》所无。然宋人即时有引《青琐摭遗》者,疑即今所谓别集。《宋志》以为《翰府名谈》之《摭遗》,盖亦误尔。其书杂集当代人志怪及传奇,漫无条贯,间有议,亦殊浅率。前有孙副枢[2]序,不称名而称官,甚怪;今亦莫知为何人。此但选录其较整饬曲折者五篇。作者三人:曰魏陵张实子京,曰谯川秦醇子復(或作子履),曰淇上柳师尹。皆未考始末。一篇无撰人名。

《流红记》[3]出前集卷五,题下原有注云"红叶题诗娶韩氏",今删。唐孟棨《本事诗》(《情感》第一)有顾况于洛乘门苑水中得大梧叶,上有题诗,况与酬答事。"帝城不禁东流水,叶上题诗欲寄谁"[4]者,况和诗也。范摅《云溪友议》(下)又有《题红怨》,言卢渥[5]应举之岁,于御沟[6]得红叶,上有绝句,置于巾箱。及宣宗放宫人[7],渥获其一。"睹红叶而吁嗟久之,曰:'当时偶题随流,不谓郎君收藏巾箧。'验其书,无不讶焉。诗曰:'水流何太急,深宫尽日闲。殷勤谢红叶,好去到人间。'"宋人作传奇,始回避时事,拾旧闻附会牵合以成篇,而文意并瘁。如《流红记》,即其一也。

《赵飞燕别传》[8]出前集卷七,亦见于原本《说郛》三十二,今参校录之。胡应麟(《笔丛》二十九)云:"戊辰之岁,余偶过燕中书肆,得残刻十数纸,题《赵飞燕别集》。阅之,乃知即《说郛》中陶氏删本。其文颇类东京,而末载梁武答昭仪化鼍事。盖六朝人作,而宋秦醇子復补缀以传者也。第端临《通考》渔仲《通志》并无此目。而文非宋所能。其间叙才数事,多俊语,出伶玄右,而淳质古健弗如。惜全帙不可见也。"又特赏其"兰汤滟滟"等三语,以为"百世之下读之,犹勃然兴。"然今所见本皆作别传,不作集;《说郛》本亦无删节,但较《高议》少五十余字,则或写生所遗耳。《高议》中录秦醇作特多,此篇及《谭意歌传》[9]外,尚有《骊山记》及《温泉记》[10]。其文芜杂,亦间有俊语。倘精心作之,如此篇者,尚亦能为。元瑞虽精鉴,能作《四部正讹》[11],而时伤嗜奇,爱其动魄,使勃然兴,则辄冀其为真古书以增声价。犹今人闻伶玄《飞燕外传》及《汉杂事秘辛》[12]为伪书,亦尚有怫然不悦者。

《谭意歌传》出别集卷二,本无"传"字,今加。有注云:"记英奴才华秀色",今削。意歌,文中作意哥,未知孰是。唐有谭意哥,盖薛涛李冶之流,辛文房《唐才子传》曾举其名,然无事迹。[13]秦醇此传,亦不似别有所本,殆窃取《莺莺传》《霍小玉传》等为前半,而以团圆结之尔。

《王幼玉记》[14]出前集卷十,题下有注云:"幼玉思柳富而死",今删。

《王榭》[15]出别集卷四,有注云:"风涛飘入乌衣国",今删;而于题下加"传"字。刘禹锡《乌衣巷》诗[16],本云:"朱雀桥边野草花,乌衣巷口夕阳斜。旧来王谢堂前燕,飞入寻常百姓家。"此篇改谢成榭,指为人名,且以乌衣为燕子国号,殊乏意趣。而宋张敦颐《六朝事迹编类》[17]乃已引为典据,此真所谓"俗语不实流为丹青"[18]者矣。因录之,以资谈助。

《梅妃传》[19]出《说郛》三十八,亦见于《顾氏文房小说》,取以相校,《说郛》为长。二本皆不云何人作,《唐人说荟》取之,题曹邺[20]者,妄也。唐宋史志亦未见著录。后有无名氏跋,言"得于万卷朱遵度家,大中二年七月所书。"又云"惟叶少蕴与予得之。"案朱遵度[21]好读书,人目为"朱万卷"。子昂[22]，称"小万卷"，由周入宋，为衡州录事参军，累仕至水部郎中。景德四年卒，年八十三。《宋史》（四三九）《文苑》有传。少蕴则叶梦得[23]之字，梦得为绍圣四年进士，高宗时终于知福州，是南北宋间人。年代远不相及，何从同得朱遵度家书。盖并跋亦伪，非真识石林者之所作也。今即次之宋人著作中。

《李师师外传》[24]出《琳琅秘室丛书》，云所据为旧钞本。后有黄廷鉴[25]跋云："《读书敏求记》云，吴郡钱功甫秘册藏有《李师师小传》，牧翁曾言悬百金购之而不获见者。偶闻邑中萧氏有此书，急假录一册。文殊雅洁，不类小说家言。师师不第色艺冠当时，观其后慷慨捐生一节，饶有烈丈夫概。亦不幸陷身倡贱，不得与坠崖断臂之俦，争辉彤史也。张端义《贵耳集》载有师师佚事二则，传文例举其大，故不载，今并附录于后。又《宣和遗事》载有师师事，亦与此传不尽合，可并参观之。琴六居士书。"《贵耳集》[26]二则，今仍迻录于后，然此篇未必即端义所见本也。

　　道君北狩，在五国城或在韩州，凡有小小凶吉丧祭节序，北人必有赐赉。一赐必要一谢表。北人集成一帙，刊在榷场中。传写四五十年，士大夫皆有之，余曾见一本。更有《李师师小传》，同行于时。

　　道君幸李师师家，偶周邦彦先在焉。知道君至，遂匿于床下。道君自携新橙一颗，云"江南初进来"。遂与师师谑语。邦彦悉闻之，檃括成《少年游》云："并刀如水，吴盐胜雪，纤手破新橙。"后云：

"城上已三更,马滑霜浓,不如休去,直是少人行。"李师师因歌此词。道君问谁作。李师师奏云:"周邦彦词。"道君大怒,坐朝宣谕蔡京云:"开封府有监税周邦彦者,闻课额不登,如何京尹不案发来?"蔡京罔知所以,奏云:"容臣退朝呼京尹叩问,续得复奏。"京尹至,蔡以御前圣旨谕之。京尹云:"惟周邦彦课额增羡。"蔡云:"上意如此,只得迁就。"将上,得旨:"周邦彦职事废弛,可日下押出国门!"隔一二日,道君复幸李师师家,不见李师师。问其家,知送周监税。道君方以邦彦出国门为喜,既至,不遇。坐久至更初,李始归,愁眉泪睫,憔悴可掬。道君大怒云:"尔往那里去?"李奏:"臣妾万死,知周邦彦得罪,押出国门,略致一杯相别。不知官家来。"道君问:"曾有词否?"李奏云:"有《兰陵王》词。"今"柳阴直"者是也。道君云:"唱一遍看。"李奏云:"容臣妾奉一杯,歌此词为官家寿。"曲终,道君大喜,复召为大晟乐正。后官至大晟乐乐府待制。邦彦以词行,当时皆称美成词;殊不知美成文笔,大有可观,作《汴都赋》。如笺奏杂著,皆是杰作,可惜以词掩其他文也。当时李师师家有二邦彦,一周美成,一李士美,皆为道君狎客。士美因而为宰相。吁,君臣遇合于倡优下贱之家,国之安危治乱,可想而知矣。

右第八分终

＊　　＊　　＊

〔1〕 《摭遗》 《宋史·艺文志》列于《翰府名谈》之后,把它当作《翰府名谈摭遗》。鲁迅则疑其为《青琐高议摭遗》,亦即士礼居写本《青琐高议》的别集。

〔2〕 孙副枢 《青琐高议》中全署"资政殿大学士孙副枢序"。副枢,枢密院副使。枢密院,宋代掌管军事机密及边防等事务的中央官署。

〔3〕 《流红记》 传奇篇名,题"魏陵张实子京撰"。写书生于祐在御沟中拾得题有诗句的红叶,后来恰巧娶得这个题诗的宫女为妻的故事。

〔4〕 "帝城不禁东流水,叶上题诗欲寄谁" 《流红记》中"好事者"赠于祐的诗:"君恩不禁东流水,流出宫情是此沟。"于祐写于红叶的诗:"曾闻叶上题红怨,叶上题诗寄阿谁?"皆自顾况这两句诗变化而出。

〔5〕 卢渥(820—905) 字子章,唐代范阳(今北京大兴)人。宣宗时进士,官至检校司徒。

〔6〕 御沟 唐时引终南山水从皇宫内流过,称为"御沟"。按下述卢渥得于御沟的红叶题诗,在《流红记》中即写为于祐所得。

〔7〕 宣宗放宫人 《新唐书·宣宗纪》:大中元年(847)"二月癸未,以旱……出宫女五百人。"

〔8〕 《赵飞燕别传》 传奇篇名,题"谯川秦醇子复撰"。写汉成帝刘骜宠幸皇后赵飞燕、昭仪赵合德姐妹的故事。士礼居写本《青琐高议》此篇题下原有注云:"外传叙飞燕本末。"

〔9〕 《谭意歌传》 传奇篇名,题"谯郡秦醇子复撰"。写歌女谭意歌与张正字相恋,几经周折,方得结为夫妇的故事。

〔10〕 《骊山记》及《温泉记》 均为传奇篇名,写唐玄宗、杨贵妃

的故事。

〔11〕 《四部正讹》 胡应麟所著《少室山房笔丛》的一种,在该书卷三十至三十二。内容系考辨经史子集中的伪书。

〔12〕 伶玄 字子于,汉代潞水(今河北三河)人。曾官河东都尉、淮南相。《飞燕外传》,写赵飞燕姐妹故事,一卷。旧题伶玄撰。《四库全书总目提要》据该书中写前汉人有"祸水灭火"的话,而"前汉自王莽、刘歆以前,未有以汉为火德者",疑其为后人依托。《汉杂事秘辛》,写汉桓帝选立梁冀之妹为皇后事,一卷。前有明代杨慎序,称其为汉代古籍,得之于安宁土知州万氏。明代沈德符《野获编》以为即杨慎所伪造。

〔13〕 谭意哥 生平不详。元代辛文房《唐才子传》卷二"李季兰"条:"历观唐以雅道奖士类,而闺阁英秀,亦能熏染……如刘媛……谭意哥……南楚材妻薛媛等,皆能华藻,才色双美者也。"薛涛(?—834),字洪度,长安(今属陕西)人,唐代歌妓、诗人。李冶(?—784),一名季兰,乌程(今浙江吴兴)人,唐代女道士、诗人。

〔14〕 《王幼玉记》 传奇篇名,题"淇上柳师尹撰"。写妓女王幼玉与柳富的爱情故事。

〔15〕 《王榭》 传奇篇名,作者不详。写金陵人王榭航海遇险,与乌衣国女子成亲,归后方知此女是燕子的故事。

〔16〕 刘禹锡(772—842) 字梦得,洛阳(今属河南)人,中唐诗人。官至太子宾客,加检校礼部尚书。有《刘宾客集》。《乌衣巷》诗,是他所作《金陵五题》之一,《王榭传》末引此诗,改第三句为"旧时王榭堂前燕",以附会所撰故事。按刘禹锡诗中的"乌衣巷"在建康(今南京)城东南朱雀桥附近,三国孙吴在此设军营,兵士都穿黑衣,因而得名;"王谢"指东晋王导、谢安两大豪门世族,当年皆居乌衣巷内。

〔17〕 张敦颐 字养正,宋代婺源(今属江西)人。绍兴进士,官南剑州教授,知舒、衡二州。《六朝事迹编类》,二卷,于六朝外兼记唐、宋事迹。

〔18〕 "俗语不实流为丹青" 语出汉代王充《论衡·书虚》:"俗语不实,成为丹青。"

〔19〕 《梅妃传》 传奇篇名,写梅妃(江采蘋)深受唐玄宗宠爱,受杨贵妃忌妒,终被疏远的故事。

〔20〕 曹邺(约816—约875) 字业之,唐代桂州阳朔(今属广西)人。宣宗大中进士,官至祠部郎中、洋州刺史。按《说郛》百卷本、百二十卷本及《顾氏文房小说》均已在所收《梅妃传》下题"唐曹邺撰"。

〔21〕 朱遵度 南唐青州(治今山东益都)人。隐居不仕,性好藏书,时称"朱万卷"。著有《群书丽藻目录》。

〔22〕 朱昂(925—1007) 字举之,宋代潭州(今湖南长沙)人。曾官翰林学士、工部侍郎。好藏书,时称"小万卷"。《宋史》本传载,其父为朱葆光。

〔23〕 叶梦得(1077—1148) 字少蕴,号石林居士,南宋吴县(今属江苏苏州)人。官江东安抚制置大使、兼知建康府。著有《石林词》、《避暑录话》等。

〔24〕 《李师师外传》 传奇篇名,作者不详。写宋徽宗与名妓李师师相昵,金兵入汴京,师师被张邦昌献于金帅,吞金自尽。与他书所述李师师轶事,颇不相同。

〔25〕 黄廷鉴(1752—?) 字琴六,清代江苏常熟人。诸生,治考证学,著有《第六絃溪文钞》等。

〔26〕 《贵耳集》 三卷,宋代张端义著。内容多记两宋朝野佚事,兼及诗话、考证等。

《小说旧闻钞》再版序言[1]

　　《小说旧闻钞》者,实十余年前在北京大学讲《中国小说史》时,所集史料之一部。时方困瘁,无力买书,则假之中央图书馆,通俗图书馆,教育部图书室等,废寝辍食,锐意穷搜,时或得之,瞿然则喜,故凡所采掇,虽无异书,然以得之之难也,颇亦珍惜。迨《中国小说史略》印成,复应小友之请,取关于所谓俗文小说之旧闻,为昔之史家所不屑道者,稍加次第,付之排印,特以见闻虽隘,究非转贩,学子得此,或足省其複重寻检之劳焉而已。而海上妄子,遂腾簧舌,以此为有闲之证,亦即为有钱之证也[2],则躗腰曼舞,喷沫狂谈者尚已。然书亦不甚行,迄今十年,未闻再版,顾亦偶有寻求而不能得者,因图复印,略酬同流,惟于此道久未关心,得见古书之机会又日尟,故除录《癸辛杂识》[3],《曲律》[4],《赌棋山庄集》[5]三书而外,亦不能有所增益矣。此十年中,研究小说者日多,新知灼见,洞烛幽隐,如《三言》之统系[6],《金瓶梅》之原本[7],皆使历来凝滞,一旦豁然;自《续录鬼簿》出,则罗贯中之谜,为昔所聚讼者,遂亦冰解[8],此岂前人凭心逞臆之所能至哉!然此皆不录。所以然者,乃缘或本为专著,载在期刊,或未见原书,惮于转写,其详,则自有马廉郑振铎二君之作在也[9]。

　　一九三五年一月二十四之夜,鲁迅校讫记。

※　※　※

〔1〕 本篇最初印入1935年7月上海联华书局再版的《小说旧闻钞》。

〔2〕 海上妄子,逐腾簧舌　指成仿吾等对鲁迅编印《小说旧闻钞》的评论。成仿吾在《洪水》第三卷第二十五期(1927年1月)发表的《完成我们的文学革命》中说:"趣味是苟延残喘的老人或蹉跎岁月的资产阶级,是他们的玩意,""而这种以趣味为中心的生活基调,它所暗示着的是一种在小天地中自己骗自己的自足,它所矜持着的是闲暇,闲暇,第三个闲暇。"并说:"在这时候,我们的鲁迅先生坐在华盖之下正在抄他的'小说旧闻'。"又李初梨在《文化批判》第二号(1928年2月)发表的《怎样地建设革命文学》中,引用成仿吾的话后说:"在现代的资本主义社会,有闲阶级,就是有钱阶级。"

〔3〕 《癸辛杂识》　笔记集,共六卷,南宋周密著。《小说旧闻钞》再版时,在"水浒传"篇补入《癸辛杂识续集》上卷所录《龚圣与作宋江三十六人赞并序》及"华不注山人"跋语。

〔4〕 《曲律》　戏曲论著,四卷,明代王骥德著。《小说旧闻钞》再版时,从此书采录关于《绣榻野史》、《闲情别传》及其作者吕天成的材料,增加"绣榻野史、闲情别传"一篇。

〔5〕 《赌棋山庄集》　即《赌棋山庄文集》,七卷,清代谢章铤著。《小说旧闻钞》再版时,从此书采录《花月痕》作者魏子安墓志铭,增加"花月痕"一篇。

〔6〕 《三言》之统系　《三言》,指《喻世明言》、《警世通言》、《醒世恒言》三书。前二种国内久已失传。1926年,日本汉学家盐谷温在《明代之通俗短篇小说》和《关于明之小说三言》中,根据日本内阁文库汉书珍本及宫内省图书寮《舶载书目》,介绍了《三言》的篇目和版本等

情况,阐明了它们的系统。1935、1936年间,上海生活书店将日本蓬左文库所藏明兼善堂刊本《警世通言》和内阁文库所藏明叶敬池刊本《醒世恒言》,收入《世界文库》出版。1947年上海涵芬楼将日本内阁文库所藏明天许斋刊本《喻世明言》排印出版。

〔7〕《金瓶梅》之原本 《金瓶梅》,明代长篇小说,一百回。关于该书作者,不少人认为是嘉靖间江苏人王世贞。1933年国内发现了明代万历版《金瓶梅词话》,在欣欣子序中称作者为"兰陵笑笑生"(兰陵在今山东枣庄)。鲁迅在《〈中国小说史略〉日文译本序》中曾说:"《金瓶梅词话》被发现于北平,为通行至今的同书的祖本,文章虽比现行本粗率,对话却全用山东方言所写,确切的证明了这决非江苏人王世贞所作的书。"

〔8〕《续录鬼簿》 一卷,续元代钟嗣成《录鬼簿》而作,载元明杂剧作者小传及作品目录。无作者题名,一般以为明代贾仲明著。罗贯中(约1330—约1400),名本,元末明初太原(今属山西)人,一般认为他是长篇历史小说《三国演义》的加工写定者。关于他的籍贯生平,历来说法不一。

〔9〕马廉(1893—1935) 字隅卿,浙江鄞县人,曾任北京孔德学校总务长,并在北京师范大学、北京大学任教。1926年10月、11月北京《孔德月刊》第一、二期载有他译述的盐谷温在日本东京帝国大学的讲演稿《明代之通俗短篇小说》;他又作有《录鬼簿新校注》(含《录鬼簿续编》),后来发表于1936年1月至10月《国立北平图书馆馆刊》第十卷第一至第五期。郑振铎于1933年7、8月《小说月报》第二十二卷第七、八号发表他的《明清二代的平话集》一文,介绍了《三言》发现的情况;同年7月,他又以郭源新的笔名在《文学》月刊第一卷第一号发表《谈〈金瓶梅词话〉》一文,认为新发现的《金瓶梅词话》"是原本的本来面目",并考证了它的作者、时代等问题。